DREAMBOOKS

의원강호

기공흑마 신무협 장편소설

ORIENTAL FANTASYSTORY & ADVENTURE

dream books
드림북스

의원강호 18

초판 1쇄 인쇄 / 2017년 6월 2일
초판 1쇄 발행 / 2017년 6월 12일

지은이 / 기공흑마

발행인 / 오영배
책임편집 / 편집부
펴낸 곳 / (주)삼양출판사 · 드림북스

주소 / 서울시 강북구 도봉로 173
대표 전화 / 02-980-2112 팩스 / 02-983-0660
편집부 전화 / 02-980-2116 팩스 / 02-983-8201
블로그 / blog.naver.com/dreambookss

등록번호 / 제9-00046호
등록일자 / 1999년 3월 11일

값 8,000원

ISBN 979-11-283-9121-7 (04810) / 979-11-313-0216-3 (세트)

* 지은이와 협의하에 인지는 생략합니다.
* 잘못된 책은 구입한 곳에서 바꾸어 드립니다.

이 도서의 국립중앙도서관 출판시도서목록(CIP)은 서지정보유통지원시스템홈페이지
(http://seoji.nl.go.kr)와 국가자료공동목록시스템(http://www.nl.go.kr/kolisnet)에서
이용하실 수 있습니다. **(CIP제어번호: 2017012919)**

의원강호

18

기공흑마 신무협 장편소설

ORIENTAL FANTASYSTORY & ADVENTURE

dream books
드림북스

목차

의원강호

第一章
어서!

어서! 어서 가야 한다.

시일이 생각보다 많이 소요되었다. 파견 나온 자들은 유능했으나, 그만큼 운현이 갇혀 있는 곳이 깊었기에 어쩔 수 없었다.

"다 됐소이다."

"후욱."

처음 기세 좋게 나섰던 이들도 다 지쳐 버렸을 정도.

종래에는 일행까지 합세해서 최선을 다했음에도 이 정도였다. 거의 이십의 주야가 지나갔다.

'위험할 수도 있겠어.'

아무리 무림인이라고 하더라도 사람이다.

사람이기에 당연히 의식주가 필요하다. 이 무너진 동굴 안에 제대로 된 의식주가 있을 리 없었다.

그렇기에 급할 수밖에 없었다.

함께 돕다 보니 지친 몸이지만, 구멍 하나를 뚫었다고 해서 몸을 쉬게 할 수도 없었다.

없던 구멍을 뚫었기에 되레 더 움직여야 할 상황이었다.

"어서 가지요."

"예!"

상의를 할 것도,

"어어이! 위험할 수 있소이다! 조금 더 상황을 지켜보고!"

"허어……."

다른 이들이 위험하다고 하는 소리도 이들 일행에게는 들리지 않았다.

그저.

'괜찮기를…….'

운현에게 아무런 일도 일어나지 않았기를 기원하며 재촉해 나아갈 뿐이었다.

* * *

암석. 또 암석이다.

곳곳이 무너진 가운데 암석들이 가득했다. 간간이 흙가루들도 날렸다. 차라리 암석들만 있다면 나을 텐데. 흙가루라니.

'더 위험하겠어…….'

지반이 뭉개져서 흙가루가 날리는 것일 수도 있었다.

그들이 들어오기 전에 파견 나온 자들이 말했듯이, 생각보다 위험한 상태일 수도 있었다.

하지만 어쩌겠는가. 흙가루가 날리면 더 날리는 만큼 일행은 더 걸음을 바삐 놀려갔다. 눈도 함께 바삐 놀렸다. 주변을 살폈다.

움직이며 상의를 했다.

"야명주가 박혀 있는 걸로 봐서는…… 여기는 역시 암화가 있던 곳이 맞는 것 같소."

"그들 말고 이렇게 야명주를 많이 구하는 이들도 또 없긴 하지요."

"신기한 노릇이지. 세상 야명주는 다 쓰는 거 같지 않소? 귀하다는 게 야명주인데 그리 많은 걸 보면 말이오. 수완이 좋은 건지…… 수단이 있는 건지. 알 수가 없소."

"그거야 그리 중요한 문제는 당장 아니죠. 다만……."

무얼 가늠했을까. 제갈소화의 표정이 전보다 조금은 밝아졌다. 이유는 금방 전해졌다.

"신의님이 재물을 탐하는 성격도 아니니…… 암화와의 전투 중에 야명주를 건드릴 리는 없겠지요."

"그렇다는 말은…… 전투가 끝난 후에 누군가 야명주를 건드린 자가 있었다는 거겠군."

당기재는 용케 말을 알아들었다.

"예. 야명주를 그리 써대는 암화가 이제 와서 야명주를 탐을 낼 리는 없으니……."

"신의님이로군요."

척하면 척이다. 남궁미가 당기재를 대신해 답한다. 짧지만 그녀의 목소리는 일행에게 또렷하게 박혀들었다.

"좋군."

명학의 말대로였다.

야명주. 그 하나만으로도 희망을 가질 수 있게 됐다.

적어도 전투가 끝나고 운현이 움직였다는 것 아닌가. 전투가 끝이 났는데도 움직일 수 있다는 뜻은 곧 운현에게 여유가 생겼다는 것.

패자에게 여유가 생길 리가 없으니 이는 곧 운현이 승자란 뜻이었다.

승자는 곧 살아 있을 수 있다는 것을 뜻하는바, 이보다 좋을 수 있겠는가.

"어서 가죠."

입구에 들어설 때까지만 하더라도, 불안을 안고 있던 일행이 희망을 담고서 안으로 더 움직이기 시작했다.

*　　*　　*

안으로. 더 안으로.

자칫 위험할 수 있으나, 안에서 경공까지 사용해 가면서 일행은 더 들어갔다.

운현이 부순 기관 장치들을 확인하고, 그나마 남은 기관 장치들은.

"이쪽으로."

"이건 피해요."

제갈소화의 도움을 받아 금방 해체하고 피해 나갔다. 순식간에 거리를 좁혀 갔다. 그리고 들어선 안에는.

"오셨습니까?"

본래는 어두웠을 곳을, 야명주들을 가져와서 환하게 밝힌 운현이 밝은 표정으로 웃고 있었다.

*　　*　　*

"신의님!"

가장 먼저 달려간 것은 남궁미.

제갈가의 작은 사고뭉치였던 제갈소화가 운현을 연모하면서 여인스럽게 변해 가는 동안, 남궁미는 되레 더 강화가 된 듯 아주 재빠른 몸놀림이었다.

순식간에 그녀의 신형이 운현을 향해서 튀어 나간다.

그동안의 걱정이 한껏 배인 움직임이었다. 사심이라면 사심이 담겨 있는 움직임. 그 움직임을 평소의 운현이라면 조심스레 피했을 것이나.

"이크. 조심하시죠."

포옥.

운현은 피할 수 있음에도 피하지 않았다.

평상시와는 조금은 다른 모습.

평소 여인들이 다가올 때는 당황하고 놀라기만 하던 쑥맥, 운현이 남궁미를 마주 안아주었다는 건 전에 없이 색다른 모습이었다.

일행이 운현과 시간을 보낸 게 하루 이틀도 아닌 터.

예상했던 반응과 다르자,

"으음?"

"……앗?"

제갈소화를 포함한 나머지가 놀라는 것도 당연했다. 특히 제갈소화의 경우에는 약간은 후회스러운 눈빛이 스쳐 지나갔을 정도였다.

전과는 다른 어색한 모습에 다들 당황을 하는데 운현은 되레 평온해 보였다.

'무언가 달라졌어.'

'뭔가?'

그 모습에 더더욱 당혹감을 느낄 수밖에 없는 일행이었다.

이십여 일이 안 되는 시간 동안 사람이 바뀔 수 있는 것인가?

완전히 바뀐 모습이라고 하기에는 애매하나, 분명 지금 운현의 여유로움은 전에 없던 것이었다.

또한 뭔가 달라졌다.

그런 일행의 당황과는 상관없이 운현은 아주 자연스레 자신의 품에 안긴 남궁미를 떼어냈을 뿐이었다.

"자자. 저 어디 가지 않습니다."

"……으음."

남궁미도 그제서야 정신을 차리고서는 조심스레 운현의 품에서 떨어졌다.

어두운 가운데에서도 그녀의 양 볼이 빨갛게 물든 것은 분명 착각이 아닐 거다.

그녀의 볼이 빨갛게 변하는 것을 더 바라보지 않고 운현은 일행에게로 시선을 주었다.

"다들 괜찮아 보이시는군요. 예상대로 바깥에서는 전투가 없었던 건가 봅니다?"

"예. 아무래도 처음부터 끝까지 신의님을 노린 함정이었던 듯합니다."

"역시…… 예상대로군요."

당기재의 답에 운현은 무언가를 가늠한다는 듯 잠시 생각에 잠겼다.

그러다 이내 무슨 상관이냐는 듯 다시금 평온한 표정으로 돌아왔다.

그런 운현에게 형인 명학이 다가와 물었다.

"괜찮으냐?"

"무얼 말입니까?"

"으음…… 말재간이 부족해서 잘 말은 못하겠으나. 뭔가 달라졌구나?"

"그런가요?"

"그래. 확실히."

표정이 달라지고, 여유가 생겼으며, 느낌이 달라졌다. 사람으로부터 느껴지는 느낌이라고 하는 것, 혹은 기운이라고 하는 것이 달라진 듯했다.

분명 그들이 아는 이목구비를 가진 운현이 맞는데, 선천진기를 익혔기에 누구보다 깨끗한 기운을 가진 운현인 건 맞는데 뭔가 달라졌다.

'알아보는 건가. 그만큼 달라진 게 맞을지도.'

역시 자신과 함께한 지 오래인 일행이기에 자신의 변화를 알아보는구나 생각하며 운현은 고개를 끄덕였다. 인정의 의미였다.

"반추를 했습니다."

"반추? 여기서 반추할 것이 있더냐?"

"많지요. 그동안 하지 못한 것들이 있지 않았습니까."

"아아……."

반추. 있던 일을 되풀이하고 음미하고 곱씹는 그 행위.

많은 이들이 놓치는 것이나, 반추는 의미가 깊었다.

때로 사람이 살아감에 있어서 반추를 한다 함은 과거를 곱씹어 앞으로 나아가기 위한 계책 혹은 방침을 찾기 위한 행위였으니까.

운현은 그것을 말했음이다. 그리고 그 뜻을 명학이 가장 먼저 알아들었다.

"중심을 잡았구나."

"중심이라…… 그 표현이 맞을지도 모르겠습니다."

"하하. 좋은 일이야, 좋은 일. 당장에 필요한 일이었을지도 모르겠구나!"

"그럴지도요."

지금까지의 운현이 어떠했는가.

끌려 다녔다.

여인들이 오면 오는 대로 끌려 다녔다. 그녀들의 마음을 알아볼 사이도 없이 끌려 다녔다.

약을 연구할 때는? 약재의 연구도 좋으나, 그 또한 끌려 다닐 때가 많았다.

약재를 연구할 제반사항을 만드는 걸로도 끌려 다녔으며, 연구를 하다 보니 의방을 만들게 되면서도 끌려 다녔다.

이번의 역병, 전에 돌았던 다른 역병, 형의 부상. 그 외에 많은 환자들.

그에 더해서 그와 함께하게 된 의방의 의원들과 무사들. 그리고 어릴 적부터 함께해 왔던 표사들까지.

운현이 신경 써야 할 자들은 많아도 너무 많았다.

그 모든 자들을 신경 쓰다 보니 정작 자기 자신을 반추할 기회는 운현에게 없었다. 주어지지를 않았다. 선택권이 없었달까.

하지만 이번엔 그 선택권을 얻게 되었다. 처음이었다. 이런 시간을 가질 수 있게 된 것도.

'많은 도움이 되었지.'

고수에게 있어서는 육체의 수련이 아니라 정신적 수련, 명상이 곧 최고의 수련이라고 하던가.

최고수는 아니라도, 그 반열에 들었다 할 수 있는 운현에게는 지금의 시간이 어쩌면 최고의 시간이 되었다.

자신에 대한 것을 반추하고. 자신에게 주어진 상황을 반추하는 것이 그 시작이었다.

끌려 다니는 듯 했던 삶. 자신이 주도하기 힘들었던 상황을 다시금 반추했다.

거기서 하나를 찾았다.

'주도권.'

더 이상 끌려 다니는 것이 아닌, 자기 자신이 주도하는 주도권을 가지게 됐다.

본래부터 모든 사건의 중심에 있었으나, 마음의 중심을 찾았다 이 말이다.

또한 마음의 중심을 찾으니, 다른 것들도 눈에 보이기 시작했다. 자신을 찾고 그 다음에 탐닉하게 된 것은 자연스럽게.

'무공…….'

자신이 가진 무공에 대한 물음이었고, 반추였다. 또한 반추라 표현했으나 그것은 또 다른 일보(一步)로의 발걸음이 되기에 충분했다.

그렇게 운현은 홀로 이 안에 있으며 생각보다 많은 것들을 얻었다.

그렇기에 전보다 여유를 가질 수 있었다.

달라졌다.

처음 전생을 하게 되고, 이곳에 와서 자신만의 방식으로 자신의 수련 방향을 정해 가던 그때의 모습처럼. 돌아왔고 발전했다.

그것만으로도 많은 것이 달라지게 됐다. 바로 지금처럼.

"우선은 움직여 볼까요?"

"그러자꾸나."

"가죠."

전보다는 여유로워졌으며, 무언가를 얻은 채로 운현은 다시금 움직이기 시작했다.

* * *

운현은 안으로 그들을 안내했다.

그가 있던 곳. 일종의 수련장으로 쓰던 곳이었지만, 그 안에는 꽤 많은 자들이 시체라도 되는 듯 움직이지 않고 누워 있었다.

이 또한 일행으로서는 당황스러운 터.

시체를 가지고 장난질을 하는 건 미친 자나 하는 짓이기에, 일견 시체로 보이는 자들을 발견하니 당황스러울 수밖에 없었다.

오래 떨어져 있던 운현이 아닌가. 안 그래도 어색할 만큼 무언가가 변했으니, 한번 당황하고 보는 것도 이해는 가는 상황이다.

그러다 이내 오르락내리락 하며 숨을 쉬는 것을 보고 안심을 한다.

"저들은……."

"대체 어떤 상태인 겁니까?"

"가사 상태죠. 부족한 식량에 얼마나 버텨야 할지를 모르니 할 수밖에 없는 조치였습니다."

"허어. 가사((假死)라……. 위험한 것 아니오?"

운현은 쉽게 행했으나 가사 상태를 만드는 것도 기행이다.

인간은 강하면서도 약한 존재다. 뇌 혹은 육체가 아주 잠시, 조금만 잘못되기라도 하면 그대로 백치가 되거나 반병신이 되는 게 인간이다.

그러니 가사 상태를 만드는 게 기행일 수밖에 없다.

가사 상태에서 어떤 문제가 일어날지 알 수 없기 때문이다. 그런 짓을 운현을 잘도 했다.

일부러 가사 상태를 만드는 비법도 궁금증이 이는 것이지만, 어쨌건 저들의 상태가 제일 궁금할 수밖에 없는 일행이었다.

그들의 궁금증을 운현은 바로 잡아챘다.

"손을 써 두어서 문제는 없습니다. 저래 봬도 매일같이 한 번씩 깨우기는 했지요. 이 안에서 제가 제대로 시간을 느꼈다는 전제에서는요."

설명을 하며 운현은 바로 움직이기 시작했다. 일행으로서는 약간은 꺼림칙함을 느끼고 있는 가사 상태에 빠진 자들을 향해서였다.

운현은 그들에게 익숙한 듯 다가가서는.

투욱. 툭.

별다른 노력도 들이지 않는 것처럼 아주 가벼이 손을 놀렸다. 하지만 그 결과는 결코 단순하지만은 않았다.

"커흑!"

"허억. 헉."

방금 전까지만 하더라도, 평온한 상태에 있는 것처럼 숨을 쉬고 있던 자들이 순식간에 깨어났다.

일부는 현기증을 느끼는 듯 일어나자마자 머리를 감싸 쥐는 자도 있었다.

다들 하나같이 고통을 표하는 모습이었다. 하지만 그런 자들 모두 몸에 문제는 없어 보였다.

사지를 움직이며 고통을 표한다는 것 자체가 당장 크게

문제는 없다는 증거였다. 후에는 몰라도 당장은 그리 보였다.

일행도 그쯤은 파악할 수 있기에 신기한 눈으로 그들을 바라봤다.

특히 당기재의 경우에는 크게 눈을 빛냈는데,

'……잘하면 될지도? 도움이 되겠어.'

무언가 지금의 일과 관련된 생각이 있는 것이 분명했다.

그게 무엇인지는 당장에 풀어 낼 생각은 없는 것인지, 호기심을 보이다 이내 잠잠해졌다. 그래도 여전히 눈을 빛내는 것을 보면 언제고 이야기보따리를 풀어내긴 할 게다.

그렇게 모두를 깨우고서는.

"보셨죠? 다들 정상입니다."

"망할 놈이!"

"개소리!"

기가 죽지 않은 자들은 그런 운현을 보면서 사납게 노려보거나 하고 있지만, 운현은 그들을 신경 쓰지도 않았다.

그저 자신의 할 일만 할 뿐이었다. 바로.

"그러니 이들을 데려가야겠지요. 데려가기 편하려면 일단은……."

투욱.

"억……."

점혈이었다. 가사 상태에 빠지게 하기 위해서 잠시 허술하게 풀어 놓았던 점혈을 순식간에 해내는 운현이었다.

고오오오.

순식간에 기를 뽑아내어서는 빠른 손놀림으로 하나둘씩 점혈을 해 나가는데, 그 모습이 신기에 가까웠다.

방금 전 운현의 말을 끊고 '망할 놈'이라고 하거나 '개소리'라 외친 자들이 다른 자들과 다르게 점혈을 받으며 고통을 표한 건 아마 작은 착각이리라.

*　　*　　*

진행은 빨랐다.

밖으로 나온 일행은 순식간에 상황을 전달했고, 전달받은 자들은 소식을 듣자마자 기다렸다는 듯 움직이기 시작했다.

"어이. 이쪽으로 날라."

"이쪽 우차는 이미 다 찼다고."

"그럼 마차라도 동원해. 어서 어서 움직여!"

소가 끄는 우차에, 값비싼 마차까지 동원해서 암화에 속한 자들을 나르기 시작했다.

그 속도는 굉장히 빨랐다.

나르면서도 암화에 속한 자들을 무림에 떠벌리고 다닐 수는 없기에, 순식간에 위장까지 끝마치는 모습까지 보였을 정도였다.

이곳에 파견 나온 자들이 소림의 속가제자인 걸 생각하면, 위장 따위를 하는 것은 꽤나 생소한 장면이었다.

하지만 그들은 암화와의 오랜 전투로 이미 익숙한지 점점 더 속도를 더하며 마무리를 해 나갈 뿐이었다.

그러다 금방.

"막자고."

"그래야지."

운현을 구하기 위해서 팠던 굴들을 다시금 묻기까지 했을 정도였다.

암화의 정체를 이곳저곳에 떠벌리지 않기 위해서 철저히도 움직이고 있었다. 저러니 그동안 암화에 대해서 몰랐구나 싶을 정도였다.

그 장면에 운현과 일행으로서는 낄 틈이 없었다.

바깥으로 나오고서는 암화에 속한 자들을 넘기고 상황을 설명한 것을 끝으로, 멀찍이서 구경만 하고 있을 정도였다.

그래도 지나가는 상황을 보니 저들 자체가 믿을 만했다.

'잘하고 있어.'

오랜 기간 암화와 전투를 벌인 자들다운 일처리를 보였다

이 말이다.

그 상황을 가만 바라보고 있으려니,

"이번에도 신의님이 한 건 하셨군요. 이번 일은 많은 자들이 모르긴 하겠습니다만……."

당기재가 조심스레 이야기를 꺼낸다.

그는 조금은 아쉬운 듯했다.

명예욕에 미치지는 않았으나, 무림 혹은 중원을 위해 제대로 한 건을 벌였는데도 알릴 수는 없는 일이기에 아쉬운 것도 이해는 갔다.

허나 되레 명예욕이 없다 못해서, 질색을 하는 편인 운현으로서는 기꺼울 정도였다.

"하핫. 그게 무슨 상관이겠습니까. 제대로 타격을 한번 줬다는 게 중요한 거겠지요. 당분간 적어도 이곳 하남에서는 암화가 활동키 힘들겠지요."

"그도 그렇긴 합니다만은……."

"어차피 해야 할 일은 많습니다. 작은 것에 매달릴 때가 아니기도 하고요. 그렇지 않습니까?"

"그렇겠지요. 하핫. 이 당 모가 괜히 쓸데없는 생각을 한 듯합니다."

"설마요. 자자, 많이 피로하시겠으나 바로 다음으로 가야 할 거 같습니다."

살짝 당기재를 달래는 운현이었다. 다행인지 당기재도 금방 마음을 추스르고서는 운현에게 물어왔다.

운현을 구하겠답시고 움직이느라, 잔뜩 초췌한 가운데에서도 그의 눈은 분명 일행과 마찬가지로 빛나고 있었다.

운현과 함께 연수를 하기로 한 소림이 제대로 움직이고 있다면 하남의 암화는 분명 거의 박멸시켰다 봐도 무방했다.

하지만 모두를 다 끝낸 것은 아니다. 남아 있는 것은 분명 있다.

당기재도 그걸 알기에 눈을 빛내는 거다.

"다음은 역시 그곳입니까?"

"그렇죠. 가서도 바삐 움직여야 할 겁니다."

"그런 일이라면 언제나 환영입니다. 가지요."

"예."

의욕을 보이는 일행을 데리고 운현은 바로 움직이기 시작했다. 목적지는 처음부터 정해져 있었다. 황녀에게로였다.

第二章
황녀

초췌한 출발이었다.

아무리 눈빛이 형형하게 빛난다고 하더라도, 상황이 상황이었지 않은가.

무인이라고 하지만 운현은 암굴에 갇혀서 오랜 시간을 있었고, 일행은 그런 운현을 구하기 위해서 고군분투했다.

몸이 초췌한 것을 넘어서 정신적인 피로도도 상당할 수밖에 없었다.

그나마 지금까지 잘해 냈다는 성취감이라도 없었더라면, 회복이 힘들었을 정도였다.

그렇게 출발을 하였는데.

"이런……."

"길을 돌게 됐군요."

움직이는 사람은 운현뿐만이 아니라는 게 문제였다.

황녀 주아민. 그녀는 본래부터 부채 의식이 컸다. 전대에 황실에서 일어났던 일들. 그 결과로 지금의 불미스러운 사건들이 일어났다고 생각하는 게 그녀였다.

그런 부채 의식 때문인지 그녀는 업을 줄이기 위해서라도, 혹은 황비의 병을 위해서라도 바삐 움직이곤 했다.

불공을 드리고, 무당을 찾아가서 공을 들이기도 하고, 백성들을 구제하는 데 열심히 움직이기도 하지 않았던가.

그런 황녀이기에 운현이 바삐 움직이는 동안 그녀도 움직였다.

하남에 역병이 완전히 없어진 것을 확인하자마자, 하북에 묶여 있던 그녀는 하남으로 움직였다고 한다.

"아직 위험할지 모릅니다."

"역병이 남아 있을 수도 있지 않습니까."

대소신료까지는 아니더라도, 그곳의 관료들이 우려를 표했으나.

"아니다. 지금도 늦지 않았는가."

동창에서 얻은 정보까지 있는 그녀의 의지를 막을 수 있는 자는 그 누구도 없었다.

다른 이유로 막은 자도 있었다.

“역병이 아니더라도 그 일을 겪으셨지 않습니까. 여기서 이동하시는 건 그들에게 더 큰 빈틈을 주는 것일지도 모릅니다.”

“그 또한 상관없다. 되레 그들이 틈이 생길지도 모르지. 생각지도 못한 움직임이지 않더냐.”

“하지만 그리하다가 정말 큰일이…….”

“되었다. 그 또한 일어나면 영철 자네가 어찌 막아줄 것이지 않느냐?”

“……전하.”

“가자꾸나.”

암살 시도. 그것이 있었음에도 불구하고 그녀는 막무가내였다.

그동안 움직이지 못한 것을 보상받아야 하기라도 하는 듯, 그도 아니면 다른 뜻이라도 있는 것인지 그녀는 아주 빠르게 움직였다.

덕분에 운현으로서는 길이 엇갈렸다.

하남에 있는 암화의 세력은 거의 전멸되어 암살자라든가 강시들 따위가 나타나지 않았음에도, 생각지도 못한 긴 여행길이 되었다.

하북과 하남의 접점으로 가면 될 줄 알았는데, 그 목적지가 하남의 성도로 바뀌었기 때문.

중간에 하오문에 들러 소식을 못 들었더라면, 하북과 하남의 경계에서 사실을 알고 더 길게 돌았을지도 모를 일이었다.

그렇다고 황녀가 악의로 움직인 것도 아닌 터. 황녀의 성격이라면 선의로 움직였을 것이 분명하니 원망을 할 수도 없었다.

그저 몸을 이끌고 달려갔을 뿐이었다.

"도착이구려."

"생각보다 멀리 돌아오게 됐습니다. 하……."

그 노력이 통했는지 금세 황녀가 있는 하남의 성도에 도착한 운현이었다.

*　　*　　*

성도는 전과 달랐다.

하남성이 역병 사태 이후 조금씩 다시 부흥기를 되찾았듯, 성도 또한 분위기가 나쁘지 않았다.

밝기만 하지는 않더라도 적어도 희망은 있어 보였다.

저잣거리에서 움직이는 자들도 작은 봇짐을 가지고는 풀어헤치는 모습에서 오늘은 얼마나 팔 수 있을까 하는 기대감이 엿보였고.

그 사이로 오가는 아이와 행인들은 지금의 평온함을 즐기는 듯 신나 보이기까지 했다.

"분위기가 좋군요."

"생각 이상으로 좋습니다. 다른 곳도 그러하지만 성도는 특히 좋군요."

"다행인 일입니다."

이곳의 분위기. 성도에 머물러 있을 성주가 제대로 움직이고 있다는 증거였다.

그가 제대로 치세를 못했더라면 역병이 지나갔다고 하더라도 이런 분위기는 절대 만들어지지 않았을 게다.

하기는 성주로서는 애를 쓰지 않을 수 없었을 게다.

'황녀의 덕이 크겠지.'

황궁에 있어야 할 황녀가 이곳 성도에까지 왔지 않은가.

아둔하지 않은, 아니 여느 사내들보다 똑똑하다 할 수 있는 그녀는 분명 이곳에 와서 많은 부분을 신경 썼을 게다.

머리가 빈 자라면 의전이니 뭐니, 당장에 쓸데없는 것을 신경 쓰겠지만 운현이 아는 주아민이라면 절대 그럴 리가 없었다.

그녀가 가진 부채 의식 때문에라도 그 누구보다 양민들을 신경 쓰고 또 썼을 게다.

그 과정에서 성도 관리와 성주가 쥐 잡듯 잡히는 것은 어쩔 수 없는 일로 치부해도 될 게다.

물론 이 모든 상황 또한 역병을 치료해 낸 운현의 공이 있음은 그 누구도 부정치 못할 게다.

약간의 보람과 함께 성도의 분위기를 느끼며 일행이 움직이기를 한참.

"저기 있군요."

"생각보다 일찍 나왔군요."

"철저하니까요."

그들의 앞에 미리 약속된 자들이 있었다.

명이라 적혀 있는 표식과 그 옆에 동창의 문양을 새기고 있는 자들. 바로 동창의 무사들이었다.

그중에는 익숙한 얼굴도 보였는데, 여기 있을 거라고는 생각지도 못했던 자였다.

바로 운현과 얼마 전까지 힘을 합쳤던 송상후였다.

처음에는 하릴없는 동창 무사인 줄 알았으나, 마지막까지도 일 처리가 매끄러웠던 그다. 그런 송상후를 운현이 잊을 리가 없었다.

황녀를 돕는 것은 물론이고 분열이 된 듯 보이는 동창을 위해서 움직여 왔던 송상후가 아닌가.

그런 그가 이곳에 있다는 것. 또한 표정이 전에 없이 풀려 있다는 것은 적어도 지금으로선 일 처리가 아주 잘 되어가고 있다는 뜻일 거다.

운현이 그를 바라보며 반가운 표정을 지었다.

"황녀 전하와 함께 다니셨던 겁니까?"

"허허. 그렇게 됐습니다. 이 송 모가 부족합니다만 잘 쓰이고 있습지요."

"부족하다니요. 절대 그럴 리가 없지요. 되레 오랫동안 재야에 묻히듯 계셨던 게 이상한 일이지요."

운현으로서는 진심을 이야기했다. 그만큼 송상후의 능력은 출중했다. 허나 그로서는 운현의 칭찬이 과하다 생각했는지 작게 얼굴을 붉히고서는,

"신의님만 하겠습니까. 부족한 이에게 금칠을 다 하십니다. 자자, 어쨌거나 시간이 꽤 흘렀습니다. 기다리시는 분도 계시니 어서 모시겠습니다."

"바로 말입니까?"

"예. 전부터 오신다는 소식을 듣고 기다리고 계셨습니다. 여독을 푸셔야 할 텐데, 죄송합니다."

"아닙니다. 송 대감이 죄송스러울 게 뭐 있겠습니까."

"이해해 주시니 감사할 뿐입니다. 그럼, 이곳으로."

빠르다.

아무리 그래도 황녀. 역병이라는 위기가 지나갔으니 조금은 여유를 부릴 줄 알았다. 그런데 바로 보자고 할 줄이야.

'여전하군.'

움직일 때는 그 누구보다 빠른 행동력을 보이는 황녀다웠다.

우현이 거절을 할 수 있으랴.

상황을 자신이 주도하겠다고 하였으나, 그게 곧 모든 것을 마음대로 할 수 있음을 뜻하는 것은 아니었다.

어차피 언제고 황녀를 보기는 해야 했다. 자신과 뜻이 비슷한 그녀이니, 소림사에 말했듯 큰 도움이 될 수도 있을 터다.

그렇기에 운현으로서는 황녀의 보챔이 부담스럽기보다는 되레 기꺼웠다.

발걸음을 재촉하는 운현이었다.

* * *

금방 안내를 받았다.

안에는 많은 동창 무사들이 움직이고 있었고, 자신들이 맡은 바 임무를 위해서 움직이는 듯 보였다.

성도의 시내는 평화로웠으나, 그런 평화를 만든 이곳은 되레 반대로 엄숙하였다. 또한 어쩐지 분주한 분위기가 나기도 했다.

그럼에도 이곳만은 달랐다.

'역시…….'

단아한 분위기였다. 또한 화려함은 없으나 절로 위압감이 느껴지는 분위기였다. 옆에 있는 동창 무사들 때문이 아니라, 절로 주변에서 느껴지는 기운이 그러했다.

무거웠으나, 두렵지는 않았다. 위압감이라 칭하기에 부족함이 없었다. 또한 고풍스러웠다. 따로 꾸민 것이 없음에도 그렇게 느껴졌다.

기감이 강한 운현이기에 이러한 분위기 또한 더욱 크게 느껴졌다.

이 안에 있는 자. 황녀. 그녀 덕분에 이런 분위기가 만들어졌음이 분명하다.

무공의 고수는 아닌 터. 게다가 여인의 몸이나, 그녀는 자연스레 주변의 분위기를 자신의 것으로 바꾸곤 했다.

모르긴 몰라도 저잣거리에 홀로 그녀가 서 있다면 그 저잣거리가 커다란 대전이라도 된 듯한 분위기를 풍기리라.

그녀 나름의 주변을 휘어잡는 방식이다. 마치 다스리기 위해서 태어난 것 같은 그녀다. 군림이 자연스레 배 있다.

황녀가 황녀가 아닌 황자로 태어났더라면,

'많은 것이 달랐겠지.'

차기 황제는 전혀 다른 이가 될지도 모를 정도였다. 그만큼 그녀는 남달랐다.

그런 분위기를 다른 자들도 느꼈는지,

"으음……."

작게 신음을 삼킨다. 일행이었다. 무언가 압도된 게다. 무엇에 압도가 되었는지 자신들은 잘 모를게다. 너무도 자연스레 느껴지는 것이니까.

압도된 일행으로서는 다행이라고 해야 할까? 다 도착한 송상후가 다른 이야기를 꺼내었다. 오면서 미리 이야기가 된 것이기도 했다.

"아까 말씀드렸듯, 안으로 드시는 것은 신의님만 허락이 되었습니다. 다른 분들은 저와 함께 마련된 장원으로라도 가보는 게 어떻겠습니까?"

"커흠, 그러지요."

들어갈 수 있는 건 오직 신의 운현뿐. 그렇기에 다른 이들은 따로 마련된 곳으로 가야 했다.

오직 운현에게만 허락이 된 것은 지극히 황녀의 '사심'의 발로일지도 모르나, 그것을 지적할 자는 여기 없었다.

자연스레 남은 일행은 자신들을 이끄는 송상후의 발길을 따라갈 뿐이었다.

그렇게 남은 운현은.

"부탁드리겠습니다."

안내를 받아 안으로 들어섰다.

* * *

"왔느냐."

꽃이 피었다.

전에 핀 것으로 이미 화려하게 만발했다고 생각했던 황녀이건대, 지금은 더욱 환히 폈다.

압도적인 위압감만큼이나 미모도 만발했다.

그녀를 처음 본 자는 정신을 차리지 못할지도 모르겠다 생각이 들 정도다.

법도에 맞는 우아한 몸짓에, 황녀다운 분위기, 거기에 아름답다 할 수 있는 만발한 외모까지. 뭇 사내들이 눈이 돌아가기에 충분한 요소들을 가지고 있지 않은가.

대신에 운현은 다른 것을 느꼈다.

'기가 좋지 못해. 흐음…….'

화려함. 위압감. 그 안에 숨어 있는 다른 것을 보았다. 오로지 운현만이 볼 수 있는 것이었다.

허나 당장은 급해 보이지는 않았다. 자신이 손을 쓰면 될 일. 어차피 이곳에 온 것 자체가 손을 쓰기 위함이기도 했다.

그렇기에 운현은 급히 움직이거나, 놀라지도 않았다.

"황녀 전하의 부름을 받들어……."

대신에 표정의 변화 하나 없이 예를 차리고 황녀의 환대를 받아들일 뿐이었다.

*　　*　　*

예는 생각보다 길었다.

황궁이 아니라 하더라도 황녀이기에 어쩔 수 없이 지켜야 하는 예가 많았다. 아주 기본적인 인사치레만으로도 많은 시간이 지났을 정도다.

해야 할 것이 많기에 황녀의 곁을 지키고 있는 영철에게도 작게 눈짓으로 인사를 하는 것이 다일 정도였다.

기승전결(起承轉結)에서 오로지 기(起)만이 지나갔다 할 수 있는 터다. 오로지 인사치레로만.

헌데 황녀는 그 작은 인사치레에서도 이미 운현의 많은 것을 파악한 듯했다.

그녀가 바로 치고들어 왔다.

"신의. 무언가 변했군. 경지인가. 그것이 아니라면 의지인가?"

운현의 눈빛을 또렷이 바라보고 있는 황녀의 눈에는 확신이라고 불리는 것이 얹혀져 있었다.

'……예리하군.'

황녀와 운현. 실로 아주 오랜만에 보았다 할 수 있는 상황이지 않은가.

그 오랜 시간을 격하고도 황녀는 운현의 변화를 잡아내는데 성공했다. 이런 황녀를 예리하지 않다 하면 그게 더 이상했다.

전의 운현이었더라면 겸양이라도 떨었을 터.

하지만 지금의 운현으로서는 겸양을 떠는 것보다는 솔직하게 말하는 것을 선택했다. 숨기지도, 속이지도 않고 말했다.

"둘 다인 듯하옵니다. 절차탁마하니 경지는 올라감이옵고, 의지는 작은 변화 덕분이지요."

"변화라……. 좋은 변화로구나."

"감읍하옵니다."

"후후, 눈빛만큼이나 많은 것이 달라졌구나. 이런 변화라면 몇 번이고 받아들일 만큼 좋구나. 이야기가 편하겠어."

무엇을 이야기하기가 편하다는 걸까.

당당한 운현의 변화를 기껍게 바라보는 그녀였다.

운현이 먼저 물었다.

"일을 맡기실 생각이시겠지요?"

"그래. 바로 맞췄다."

기승전결 중 기. 인사치레를 할 때는 하염없이 긴 시간을 잡아먹었던 둘이었다.

하지만 지금은 황녀와 운현 둘 모두 길게 시간을 잡아먹을 생각이 없었다. 바로 본론으로 들어갔다.

"어려운 것이 되겠군요."

"자네라면 쉬울 수도 어려울 수도 있음이다."

"세이경청하겠사옵니다."

"언변도 많이 늘었구나. 자네라면 이미 알 수도 있을 이야기기도 하네. 자아……."

그녀가 바로 본론으로 들어갔다.

* * *

이미 아는 사실.

황녀에 대한 암살 시도.

중원 전체가 발칵 뒤집힐 수 있는 일이었으나, 당시의 상황상 일은 조용히 처리되었다.

안 그래도 역병과 여러 일로 혼란스러운 중원이니 더 혼란스럽게 만들 필요는 없다는 황녀의 의지가 반영된 결과기도 했다.

허나 운현으로서는 동창의 무사들로부터 들은 정보가 있기에 이미 알고 있는 일이었다. 하지만 시도가 있었음만 알았을 뿐이었다.

황녀가 다른 이의 이야기라도 되는 듯, 고저의 변화 없이 말하는 내용까지는 알지 못했다.

"독살 시도가 이미 두 번. 암살 시도가 세 번이었네. 그중 한 번은 성도에 오는 와중에 벌어진 일이고. 옆에 있는 영철이 아니었더라면 위험했을 수도 있네."

"……심각할 정도로 많군요."

독살 두 번. 암살 세 번. 거기다 적어도 하남에서는 암화가 거의 와해됐다 할 수 있을 상황에서 이곳에 오는 도중에도 암살 시도가 있었다니.

'총 다섯 번이지 않은가.'

한 번만 일어나도 난리가 날 수 있음인데 그런 일이 여러 번 일어났다. 말이 쉬워 다섯이지, 쉽게 일어나지 않아야 할 일들이 일어났으니 보통 상황이 아니다.

"처음에는 의선문에 관련된 자들만이 문제라 보았지. 하지만 그게 아니었네."

"어디까지 연관이 되어 있습니까?"

"……동창과 성도의 관리. 어쩌면 그 이상일세."

"허……."

동창. 성도의 관리. 거기에 동원되었을 자객과 의선문까지 생각을 하면?

'모두다.'

그녀가 믿을 만한 동창의 무사들. 호위무사 영철. 송상후와 같은 자들을 제외하면 황녀를 둘러싸고 있는 모두를 의심해 봐야 할지도 모를 상황이라는 소리였다.

그런 온갖 위험이 상주한 상황에서 황녀는 움직인 게다.

'어리석은 건지, 대범한 건지…….'

그녀로서는 생각한 바가 있어 움직인 것이겠으나, 암살 시도가 끊이지 않는 위험한 상황에서 움직인 건 분명 현명한 행각은 아닌 듯 보였다.

'좋지 못하다.'

허나 황녀는 달리 생각하는 듯했다. 이미 운현의 내심을 파악한 듯 먼저 입을 뗐다.

"그런 눈으로 보지 말게나. 숨어 있는 자들을 불러들이려면, 움직일 수밖에 없었음이니. 지금 시국에 이 황녀만큼이나 먹음직한 자가 또 어디 있겠는가."

자신을 유인물 삼아 움직였다는 소리다. 무려 암살 시도 안에서. 자신의 목숨을 걸고 움직였다고 한 것이니 이만큼 위험한 소리가 또 있을까.

운현은 조금은 황녀에게 질책을 담아 말했다.

"위험한 선택이었습니다. 차라리 경계에 있으셨더라면 제가……."

"자네도 내가 황궁의 꽃으로만 있기를 바라는가?"

치고들어 오는 황녀의 말에 운현의 말이 끊겼다.

"위험. 또 위험. 황궁에 있다 해서, 가만 있다 해서 위험이 사라질 거라면 차라리 그리했을 것이네. 하지만 아님을 알지 않은가? 자네도?"

"……."

"많은 것이 달라졌네. 이 황녀도 바보가 아니니…… 많은 것을 알기에는 충분한 시간이었지."

그랬던가.

운현으로서도 많은 것을 경험했다.

암화의 존재를 깨닫고, 역병을 고치고, 암굴 안에서는 새로운 경지로 몇 보를 나아갔다.

그런 운현이 나아간 만큼 황녀 또한 가만히 있었던 것은 아닌 터.

유능하다 할 수 있는 그녀도 많은 방면으로 움직였을 게다.

그녀에게 제일의 목적이랄 수 있는 황후의 치료와 그 외에 현 시국에서 알아야 할 많은 것들을 알기 위해 분주히 움직였을 게다.

그리고 그 결과로 만들어진 것이 바로 눈앞의 황녀다.

황녀는 전보다 더 눈빛이 심후해졌으며, 자신의 목숨을 걸고 움직일 만큼 대범해져 있었다. 허나 문제는 현실.

"본녀가 의지가 있다고 하더라도…… 현실은 본녀가 쓸 수 있는 패가 많지 않더군."

정치적으로 많은 것을 움직일 수 있는 황녀이나 이곳은 황궁이 아니다. 그녀의 말대로 그녀가 가진 패가 많지 않았다.

해서 그녀는 자신이 쓸 수 있는 패를 선택했다.

"그래서 절 찾으신 겁니까?"

"바로 맞췄네. 일을 맡긴다 하지 않았던가. 자네가 내 패가 되어 주게. 우선은 이 암살의 문제부터 해결을 해주는 것이 먼저겠지. 그리고 다음은……."

황녀가 잠시 뜸을 들인다. 이 이후는 지혜롭다 할 수 있는 그녀로서도 고민이 되는 듯했다. 그 고민을 운현이 풀었다.

"황후 전하의 치료. 동창의 문제. 황궁 내부에 있을 자들. 그 많은 것들이 걸리심이겠지요?"

"……맞네. 하나나 제대로 해결할 수 있을까 싶은 문제들이지. 또한 나로서는 사심이 깃들어 있기도 하네. 부끄러운 일이지."

그녀가 작게 얼굴을 붉힌다.

'사심이라…….'

그녀가 말하는 사심이라는 것, 그녀의 어머니인 황후의 치료를 말함이다.

암화가 있고 그 암화가 단순히 무림만 아니라 중원 전체에 깃들어 있을지도 모를 상황이다.

그런 상황에서 아무리 황후라지만 그녀 하나의 치료만을 위해서 운현이 쓰이는 것은 옳지 못한 상황일 수도 있었다.

황후 하나 치료를 하겠다고 운현이 나서는 사이, 다른 자들이 움직여 수없이 많은 양민들이 상할지도 모르는 일이다.

그렇기에 황후의 치료를 원하는 것은 그녀의 사심이라면 사심. 황녀의 성격상 얼굴을 붉히기에 충분했다.

허나 운현은. 가족으로 말미암아 전생의 충격을 이겨내고, 여기까지 버텨올 수 있었던 그이기에.

"그런 사심이라면 백번이라도 괜찮사옵니다. 그 누가 전하의 마음을 헤아리지 못하겠습니까. 모두가 못하더라도 적어도 저는 전하의 마음을 헤아릴 수 있사옵니다. 제가 해결해 보도록 하겠습니다."

진심을 담아서, 괜찮다 말하였다. 그게 위로가 되었을까.

멍한 눈으로 운현을 바라보는 황녀였다. 그러더니 이내.

"……변하더니 언변이 천하의 바람둥이보다도 더 매끄러워졌구나."

"크흠……."

"또한 생각 이상으로 믿음직스러워졌으니. 휴우…… 자네는 예나 지금이나 어렵구나."

칭찬인지 비난인지 모를 말을 하는 그녀였다. 바람둥이와 언변이라니. 둘 다 붙여 사용하기에는 좋은 단어들은 아니었다.

"그것은……."

운현이 핑계를 대려 하나, 그녀로서는 이 대화를 이어갈 생각이 없는 듯했다.

멍했던 표정, 흥분으로 약간 붉어진 볼을 가라앉히고서는.

"됐네. 이 본녀가 실언을 한 것으로 치지. 어쨌거나 본녀는 진심을 말했음이니. 이제 자네의 진의를 듣고 싶네만."

"이미 말씀드린 대로…… 최선을 다해 해결해 보이겠습니다."

표정을 추스르고서는 자신만만한 태도를 보이는 운현이었다.

그 표정이 마음에 들었는지, 황녀가 작게 고개를 끄덕여 보인다.

"좋구나. 바로 맡기겠노라."

왠지 얼굴이 다시금 발갛게 변한 건 착각일 터다.

第三章
촌각(寸刻)의 활란

주도하기로 한 운현이지 않은가.

뜸을 들일 것도, 이제 와서 시간을 끌 것도 없다 생각했다.

전이라면 한 번 더 확인을 하고 차분히 움직이겠으나, 강해진 자신의 기감을 믿는 운현은 바로 움직이는 것을 택했다.

"그럼 바로 움직여도 되겠사옵니까?"

"당연한 이야기가 아니겠더냐. 필요한 것이 있다면 바로 말을 하면……."

"……그렇다면 결례를 범할지도 모르겠습니다."

가만히 있던 운현의 몸이 움직이기 시작했다. 평상시의 여유로운 움직임이 아니었다. 빨랐다. 전광석화라도 되는 듯 움직이는 운현의 방향은 황녀를 향해 있었다.

* * *

“엇!”

“허엇!”

모두가 놀란다. 황녀도 놀랐으며, 그 옆을 지키고 있는 시비들도 놀란다.

오죽하면 호위무사 영철도 놀랐을 정도다.

갑자기 황녀가 있는 방향으로 달려들다니.

설마 운현이 이제 와서 황녀를 암살 시도라도 한다는 것인가? 그럴 리가!

“머, 멈추게!”

스릉.

잘 단련된 호위 무사답게 잠시의 놀람을 뒤로하고 검을 빼어든 영철이 운현의 움직임을 제지하려는 그 사이.

운현은 영철을 스쳐 지나가면서, 정확히 황녀가 아닌 그 옆에 있는 다른 자를 노렸다.

놀라 다가오는 영철을 뒤로하고,

터억.

운현이 팔목을 잡아챈 자는 황녀의 바로 옆에 자리하고 있었던 시비 중에 하나였다.

나이는 얼추 삼십 정도. 황녀만큼은 못하지만, 저잣거리에 가면 시선을 받기에 충분한 외모를 지닌 시비였다.

황녀의 시비를 맡고 있으니 어려서부터 궁에서 교육을 받았을 게 분명한 듯 타고난 분위기는 우아한 편이었다.

하지만 운현은 그런 그녀에게 뭇 사내다운 눈빛이 아니라 냉혹한 눈빛을 보낼 뿐이었다.

평상시에 보이던 부드러움은 전혀 보이지 않는 서릿발 같은 눈빛이었다.

"헛짓은 그만하는 게 좋지 않을까?"

"무, 무슨 말이옵니까……."

그런 운현의 눈에 아무것도 모른다는 듯, 시비가 몸을 벌벌 떤다.

여느 여인들보다도 더 안쓰러운 모습인지라, 다른 이들이 보면 팔목을 잡고 있는 운현을 불한당으로 보는 게 당연하다 할 정도였다.

하지만 운현은 잘게 떠는 시비의 모습에도 표정의 변화가 전혀 없었다.

"설명해야 할 게다. 어찌 황녀 전하께 깃들어 있는 독기와

네가 지니고 있는 독기가 비슷한 것인지."

"……마, 말도 안 되는 소리옵니다."

"확인하면 될 일이지. 아니 확인은 내가 하였으니 증거를 찾아야 하는 것일지도."

몰아치는 운현. 그런 운현에게 어느덧 옆에 다가온 자가 있었다. 영철이었다.

그는 호위무사라는 자신의 본분에 충실하게, 황녀를 자신의 뒤로 물리고서는 운현의 옆을 차지했다.

돌아가는 상황을 보고, 파악을 하는 데 성공을 했는지 그 또한 운현만큼이나 표정이 심각했다.

"확실한가. 이 시비는 어려서부터 지켜본 자네. 또한 알다시피 황궁에 들기 위해서는……."

"삼 대를 살펴보겠지요. 많은 것을 조사함이 당연한 걸 압니다. 하지만 아시잖습니까? 그들은 사람을 꾀는 데 재주가 있습니다."

암화. 그들은 자신들의 수하 혹은 첩자로 끌어들이기 위해서 별의별 수단을 다 사용한다. 운현이 말하는 부분은 그것이었다.

그런 운현의 말에 더 반박을 할 수 없는지,

"크흠……."

영철이 굳게 입을 다물었다.

허나 당장 불만은 없어 보였다. 운현이 쉬이 몸을 움직이지 않는 자라는 것은 영철도 이미 파악하고 있는 덕분이다.

되레 그는 운현을 도왔다. 운현이 갑작스레 움직인 덕분에 상황이 복잡하게 돌아가나, 그는 자신이 할 일을 알았다.

영철이 슬쩍 황녀를 바라봤다. 그녀의 답을 구하는 게 그가 할 일이었다.

황녀도 그 사이 놀람을 수습하는 데 성공했는지, 운현과 같은 서릿발 서린 눈을 하고는 입을 뗐다.

"……그럼 맡기겠네. 자네를 믿지."

오래도록 그녀를 보좌했다 할 수 있는 시비 대신에 운현을 택했다.

일종의 확신이 어린 그녀의 눈을 보고 있노라면 운현에 대한 믿음을 느낄 수 있을 정도였다.

"맡기신 일. 여기서부터 시작하도록 하겠습니다."

"그러게나."

허락이 떨어졌다. 확실하게.

*　　*　　*

성도에 있는 성주가 머무르는 곳에 심문을 위한 장소 하나 없을까.

영철이 몸소 안내를 해 준 덕분에 운현은 바로 시비를 끌고 갈 수 있었다.

다른 이들을 시켜 몸을 수색했으나 그녀로부터 나온 독은 없었다.

하지만 운현은 특유의 기감으로 알았다.

독은 그녀가 소지한 것이 아니라, 그녀 자체라 할 수 있었다.

마치 주입을 받아 변한 것처럼, 하지만 일반적인 무인들과는 다르게 내공이 아닌 어떤 특수한 기운으로 독기를 가지고 있었다.

독기도 분명 기 중 하나일진대, 그녀는 분명 특이했다.

운현 특유의 기감과 깨달음이 아니었더라면 눈치를 채기 힘들 정도였다.

운현이 확신을 가지고 물었다.

"독을 어디서 구했지?"

"……모릅니다."

사시나무 떨듯 떨던 몸은 어디로 갔는지, 떨림이 잦아든 시비는 운현의 눈을 똑바로 바라보고 있었다.

얼핏 억울하다는 눈을 하고 있을 정도였다.

하지만 운현은 확신을 가지고 있었다. 아니 없는 증거도 만들어 낼 수 있었다.

"정 보여 줘야만 말을 한다면야…… 어차피 일부는 필요로 하였으니."

고오오오.

기를 끌어 올린다. 갑작스럽게 큰 기운이 뿜어짐에.

"흣……."

바로 앞에 있는 시비가 신음을 삼킬 정도였다.

안 그래도 농밀하기만 한 선천진기. 그 선천진기가 그 사이 무슨 일이 있었는지, 더욱더 농밀해져 있었다.

그전의 선천진기가 얼기설기 만든 구멍 있는 그물이었더라면, 이제는 구멍 하나 없는 촘촘하게 만들어진 직물과 같은 촘촘함을 보였다.

농밀하였지만, 선한 기운이라 할 수 있는 선천진기답게 끈적거리는 느낌은 없었다. 선한 기운이 더욱 두터워졌을 뿐이다.

그 두터운 기운이 시비를 감쌌다.

치료라도 하려는 것일까? 아니. 그 반대였다.

"아아아악!"

시비가 몸을 비튼다. 얼굴이 상기된다.

고문이라도 당하는 듯, 고통스럽게 인상을 찡그린다.

아름답다 할 수 있는 얼굴이 순식간에 악귀의 그것으로

변했다. 흉신악살이 되어 버린다.

순식간에 온몸이 땀에 젖는다.

고통스럽다 해서 몸이 변한 것은 아니기에 땀에 젖어 비틀거리듯 움직이는 시비의 모습은 일견 색정적이기까지 했다.

하지만 운현은 그런 색(色)에 단 일 푼의 신경도 둘 틈이 없었다.

"허어……."

다른 이들이 갑작스럽게 변한 시비의 모습에 당황스러움을 표하는 사이, 운현은 더욱 집중해 들어갔다.

그녀의 겉모습이 아니라 그녀의 안을 봤다.

정확히는 기혈 사이사이에 맴돌고 있으며, 작게 흩어져 있는 기운들에 집중했다.

'자연스럽군…….'

그녀 안에 있는 기운은 아주 자연스레 흩어져 있었다.

본래부터 독기를 품고 태어난 여인인 것처럼, 기혈 사이사이 깃들어 있는 독기는 얼핏 눈치를 채기 힘들 정도였다.

직접 살피고 있는 운현으로서도 믿기 힘들었으니.

그만큼 은밀하게 독기가 숨겨져 있었다.

어떤 수단을 사용한 건지 몰라도 독기를 응용하는 수준이 무림의 수준을 아득히 뛰어넘었다.

무림에 알려진 것이 아닌 전혀 다른 수단을 사용했다.

이런 자를 운현은 모르면서도 알았다. 아니, 예상을 할 수 있다는 표현이 가장 들어맞을 게다.

'……역병을 만든 자가 수를 쓴 거겠지. 역병에 이어 독기를 세밀하게 조종한다라. 하기는 그 정도 역병을 꾸미려면 쉬웠겠지.'

여러 독을 섞어서 역병을 만들어내는 암화이지 않은가.

그런 암화에서 역병을 만든 자라면 자연스럽게 기혈에 독기를 심는 것 정도야 쉬운 일이 당연했다.

문제는 이런 은밀한 '독기'가 만들어낼 수 있는 결과다.

운현만큼 기감이 발달한 자는 생각보다 쉬이 독기를 바로 눈치챌 수 있지만, 어디 운현만큼 기감을 가진 자가 흔한가.

거의 없다고 봐도 무방했다.

운현의 '기감'은 그가 가진 무공 경지에 비해서 아득히 높은 경지였다.

기감에 대한 깨달음. 의술. 전생의 지식. 그런 것들이 맞물려서 만들어진 기감이었다.

그렇기에 독기를 바로 눈치챘을 뿐, 보통의 무인들은 절정이라도 눈치채기 힘든 독기가 심어져 있었다.

이만큼 은밀한 독기라니!

이 독기로 은밀하게 암살을 자행한다고 하면, 알아채는 것이 쉽지 않을 게 당연했다.

은밀하게 암살이라니. 끔찍하지 않은가? 말은 쉬워도 그 결과는 분명 최악이다.

'그래도 완벽하지는 않아 다행인가.'

다행인 점이 있다면, 자연스럽게 기혈에 독기를 심으려니 생각보다 강한 독은 아니라는 것 정도.

독기를 은밀하게 숨겨야 하다 보니 한 번에 기혈에서 뽑아낼 수 있는 독이 한정되어 있었다.

조금씩 독을 뽑아내서 상대를 중독시켜 암살해야 한다는 소리다.

'긴 시일을 필요로 하겠지. 지금처럼.'

조금씩. 조금씩. 은밀하게 중독시켜 상대를 쥐도 새도 모르게 암살하는 독이다.

덕분에 운현이 제시간에 움직일 수 있기도 했다.

제법 많은 시간이 지났음에도 황녀가 아직 죽지 않았음이 그 증거이지 않은가?

'조금만 더 시간이 있었더라면…… 황녀도.'

황녀가 운이 좋기도 했다. 운현의 생각대로 더 늦었더라면 이미 당해서 쓰러졌을지도 모름이다.

어쨌거나 다른 건 다 상관이 없는 상황이다.

당장은 지금 상황을 생각하는 것보다.

"아아아악!"

고통을 표하는 이 시비로부터 완벽하게 독기를 빼내는 것이 중요했다.

'좋은 증거가 되겠지.'

증거에 더불어서, 운현이 황녀를 치료하는 데 도움이 될 거다.

기감으로 느끼기만 하는 것보다는 실제 존재하는 독이 있어야만 치료를 하기 쉬운 건 당연한 상식이다.

스으으으.

기가 유형화되는 걸까. 그도 아니면 본래부터 이런 식이었던 걸까.

시비의 몸으로부터 검은 무언가가 타고 올라와 기감을 뿌리고 있는 운현의 손에 안착하기 시작했다.

뚜욱. 뚝.

한 방울 두 방울씩 운현의 손에 안착하는 독기는 그 양이 꽤 됐다.

기혈에 흩어져 있을 때는 은밀하기 그지없었지만, 그 양이 많아지기 시작하자 고약한 악취가 나기 시작했다.

"읏……."

옆에서 바라보는 자들이 악취와 느껴지는 독기에 난감함을 표했을 정도였다.

그때 놀라운 일이 일어났다.

"……하악……."

시비의 몸이 갑작스레 쭈그러들었다.

큰 변화는 아니었으나 기감으로 시비의 모든 것을 살피고 있는 운현은 바로 알 수 있었다.

몸 안에 있던 어떤 기운이 빠져나가듯, 시비의 몸에 깃들어 있던 기운들이 지극히 쭈그러들었다.

운현이 알기로 시비는 무공을 익힌 자는 아니었다. 다만 독기를 몸에 머금고 있을 뿐이었다.

그런 시비의 몸에서 빠져나올 기운이 뭐겠는가?

황녀처럼 약재로 내공을 만들어내지 않는 이상은 인간의 몸을 구성하는 최소의 진기인, 본래부터 타고난 선천진기밖에 없었다.

독기를 뽑아내자마자 선천진기도 빨려 오다니?

'악취미로군…….'

시비의 몸 안에서 유지되고 있는 독기의 원료가 선천진기인 것이 분명했다.

은밀하게 숨어져 있는 독기를 유지하게끔 하는 기운이 선천진기라 이 말이다.

결국 '독기'는 선천진기를 빨아들여 시비의 몸을 쇠약하게 하며 유지가 되는 것이 분명하다.

과연 시비는 자신의 몸에 독기를 심을 적에 이것을 알고 있을까?

알고 있다고 하더라도 수명을 갉아먹는 독이라니. 실로 악취미라고 할 수밖에 없었다.

그 악취미가 과연 시비의 동의를 얻어 심어졌는지는,

"하악…… 학……."

지쳐버린 듯 요사스런 신음을 내뱉는 시비로부터 알아내면 될 일이었다. 그 일쯤이야.

"이게 독입니다. 확실한 독이지요."

"……보자마자 알겠군."

"예. 이것을 이용해서 전하를 중독시키고 있더군요. 아주 은밀하게요."

"허어……."

"저는 우선 치료부터 집중해야 할 듯합니다. 이 뒤를 맡겨도 되겠습니까?"

"얼마든지!"

호위를 맡고 있는 영철에게 맡기면 될 일이었다.

굳이 그가 아니라고 하더라도 동창의 무사들 중에서 심문을 할 수 있는 자들이야 지천에 널려 있었다.

그자들이라면 충분히 지쳐버린 시비로부터 많은 정보를 얻어낼 수 있을 거다.

어쩌면 이 시비로부터 얻어낼 것이 많지 않을 수도 있지

만,

'상관없지. 어차피 알아낼 수 있는 곳은 많아. 기회도 많고.'

진정 상관은 없다 생각하는 운현이었다.

암화가 꼬리를 끊고, 첩자를 죽음으로 내몰게 하는 게 하루 이틀의 일이었던가. 그들의 꼬리 끊기는 이제는 지긋지긋할 정도로 경험한 바다.

그는 바보가 아닌 터. 그런 경험으로 말미암아 암화를 상대하는 방식을 이미 알고 있었다.

이 시비가 아니더라도 상관없었다. 그의 기감으로부터 느껴지는 자들. 그들로부터 알아내면 됐다.

지금 이 순간에도 그의 기감은 분명 많은 것들을 알려주고 있었다.

그가 바로 움직이지 않는 이유는 단 하나.

'당장은 치료부터…….'

언제 중독된 독에 발작을 할지 모를 황녀의 치료가 먼저기에, 그부터 처리하기 위함일 뿐이었다.

"그럼 저는 먼저 움직이도록 하겠습니다."

"부탁하겠네."

"예."

자연스레 영철에게 일을 맡기고서는, 자신의 할 일을 위해 다른 방향으로 움직이기 시작하는 운현이었다.

"아아아아악!"

그가 나서자마자, 시작된 비명 소리. 심문이 시작되었음이 분명한 신호였다.

*　　*　　*

심문이 진행되는 동안 운현이라고 가만있을까. 그는 그가 원하는 한 사람을 바로 찾아냈다.

"……."

아직 아무런 말도 하지 않은 운현이다. 하지만 운현의 기세를 읽어서일까. 바짝 긴장하는 표정을 지으며 상대가 물어왔다.

"설마…… 설마인 겁니까?"

"뭐가 설마겠습니까?"

말하기 싫다는 듯 뜸을 들이는 당기재였다.

그가 주변을 바라본다. 당황스러운 와중에서도 도움을 청하는 기색이 역력했다.

처음에 남궁미를 바라보고, 그 다음은 명학을 바라보다가, 마지막으로 제갈소화를 바라봤을 때 확하고 화색이 돌기 시작했다.

'제갈 소저라면!'

그녀의 성이 말해 주지 않는가. 제갈이다. 그 누가 그들보다 똑똑할까. 당장 일이라고 하면 그녀만큼 도움이 되는 자는 또 없을 거다.

그러니 화색이 돌 수밖에. 허나 아쉽게도.

"……."

그녀는 운현과 함께하고 싶어 했지, 함께 일을 하고 싶어 하지는 않았다.

운현이 당기재를 어찌 갈아가며 사용했는지를 알기에, 더더욱! 일을 하고 싶지 않은 그녀였다.

그녀의 본심 그대로 고개를 홱하고 돌릴 정도!

제갈소화의 외면 아닌 외면에 화색이 돌던 당기재의 눈빛이 흙빛으로 변한다.

'외통수다.'

뒤에는 배수진이다. 도망칠 곳도 없다. 사방이 적(?)이었다. 그는 그렇게 홀로(?) 남았다.

피할 수가 없다.

허나 마지막 푸념이라도 하듯 운현에게 말을 던져본다.

"허어…… 오자마자 바로…… 일이냐 이 말입니다. 또 얼마나 부려 먹으려고 그러시는 겁니까."

“하핫. 그렇게 되었습니다. 그래도 어려운 일은 아닙니다.”

“……전에도 어려운 일은 아니라 하지 않으셨소이까? 하아…….”

푹하고 한숨을 쉬는 당기재의 표정을 보고 있노라면 어디 도살장에 끌려가는 소라도 된 듯한 표정이다.

하지만 이내.

“그래도 보상은 철저하지 않습니까? 꽤 괜찮은 게 기다릴 겁니다. 어쩌면 이 일을 하면서 얻는 게 있으실 겁니다.”

“장담하시는 겁니까?”

“십 중 구 할은 하고 있습니다만은?”

“호오!”

단순한 건지 멍청한 건지 모를 정도로 순식간에 운현에게 공략(?)당하는 당기재였다.

“…… 그럼 바로 가지요!”

“일하기 싫으셨던 것 아닙니까? 원하시면 다른 이랑도…….”

농을 던지는 운현의 말에 당황을 하며,

“험험…… 제가 필요하다 하셨지 않습니까? 제가 꼭 뭐가 필요한 건 아니고…… 어쨌거나 갑시다!”

앞장을 서기까지 하는 당기재였다.

운현이 마음을 바꾸기라도 할까 봐 급해 보였다. 아이 같은 모습. 하지만 그게 당기재의 매력이기도 했다. 힘든 상황에서 일행에게 힘을 주는 활력소이기도 하고.

"다녀오죠."

"기다리지. 여기는 맡겨 두고."

"예."

남은 일행은 운현의 신호를 받고서 조심스레 움직이기 시작했다. 그들은 그들 나름으로 할 일이 있었다.

그걸 알기에 당기재만을 데려가는 거다.

'실제로 쉽기도 하지. 지난 경험이 있으니…….'

도살장 소 끌어가듯 끌어가는 것보다는 쉽게, 자신의 손으로 목줄을 쥐고 가는 당기재만 불쌍할 뿐이었다.

第四章
빠르게!

"좋구려."

황녀의 능력이 빛을 발했다. 운현이 움직이기도 전에, 아니 운현이 올 것을 미리 예상이라도 한 듯 마련된 자리가 있었다.

운현이 의방에 약재실을 기본으로 둬서 발전시킨 듯 꽤 많은 것들이 있었다.

'대단하군.'

어지간해서는 놀라는 일이 없는 운현으로서도 놀랄 만큼 많은 것이 준비되어 있었다.

무얼 연구하고 알아내든 간에, 준비가 부족해서 알아내지 못했다는 말은 핑계가 될 정도의 모습이었다.

그만큼 뛰어났다.

문제가 있다면 당기재. 그가 어느샌가 대가를 바라는 장사치라도 된 듯 손을 슬쩍 비비며 물어왔다.

"그나저나 얻는 게 대체 뭐입니까?"

문득 장난기가 돈 운현이었다.

"독을 치료함으로써 황녀전하의 신임을 얻을 수 있겠지요. 황녀님을 고치니 나아가서는 중원의 평화를……."

"크흠……."

헛기침을 해 보이는 당기재. 그런 당기재를 슬쩍 바라보면서도 운현은 말을 멈추지 않았다.

"설마 대 당가의 자제분께서 중원의 평화와 황녀전하의 신임을 싫어하시는 겁니까?"

"허어이! 큰일 날 소리를! 그럴 리가 있겠습니까! 다만 이 당 모는 그게 다인가 하여서……."

"후후."

손을 슬쩍 비빌 때도 그러하듯, 짐짓 과장된 몸짓으로 손사래를 치는 당기재였다.

'……이럴 땐 참 단순해.'

이런 사람을 누가 당가의 이름 난 기재 중 하나라고 생각할까.

당가에서 나고 자라 무공은 강할지언정, 알게 모르게 순박함이 남아 있었다.

모든 명문대파나 오대세가의 자제들이 이러했다면 중원은 좀 더 살 만한 곳이 되었을지도 몰랐다.

"뭐 솔직히 욕심이 나기는 하였습니다만은…… 그래도 나쁘진 않습니다. 중원의 평화에 일익을 담당하는 것도 좋지요. 큼큼……."

헛기침을 하면서도,

'여기까지 해야겠군.'

짐짓 서운한 기색을 보이는 당기재를 보면서 운현은 더 했다가는 그가 삐칠 수도 있겠다 싶었다.

제갈소화나 남궁미면 또 모르겠으나, 다 커버린 시커먼 사내가 삐치는 것도 못 볼 노릇이었다.

"농이었습니다. 설마 그게 다겠습니까?"

"흐흐. 역시 그렇지요? 이 당 모, 신의님을 믿고 있었습니다. 그래, 어떤 걸 얻을 수 있는 겁니까?"

"두고 보시지요."

"허어. 말하실 수는 없는 겁니까?"

"곧 아시게 될 겁니다. 그리 되게 해드릴 것이고요."

이번에도 장난인가 싶었는지, 한참을 뚫어져라 운현을 바라보는 당기재였다. 눈에 호기심과 약간의 의심이 그득했다.

허나 결국 칼을 쥔 건 운현이지 않은가.

"흐음…… 믿겠습니다."

당기재로서는 금세 승복을 할 수밖에 없었다.

"하하. 바로 시작하지요."

"아무렴요!"

약간의 소란. 기대. 의심을 가지고 둘의 작업이 시작되었다.

* * *

영철. 황녀를 떠나는 일이 없는 그가 요 며칠 사이는 그녀로부터 멀리 있을 수밖에 없었다.

아니 한 곳에 있기는 하되, 마주치기가 힘들었달까.

시녀로부터 정보를 얻기 위해서, 험한 일이 이뤄지다 보니 몸에 배게 되는 피 냄새를 생각해서라도 영철은 황녀의 옆을 피하고 있었다.

허나 이제는 황녀의 옆을 다시 지켜야 할 때가 왔다.

황녀의 부름이 있기에 피할 수가 없었다.

"어찌 되었더냐?"

시녀를 말함이었다.

"연관된 자가 있는 듯하나 입을 열지 않고 있습니다."

"그래? 버티고 있다고?"

"……송구합니다."

"아니다. 본래부터 시녀로 자란 자들은…… 그쯤은 버틸 수 있게 교육받지 않았더냐. 그걸 힐책할 수는 없는 일이지."

동창의 내시들은 무사로 교육받지 않는가.

시녀들 중에서도 호위를 위하여 무사로 교육을 받는 자가 더러 있을 정도다.

굳이 무사가 아니더라도 험한 고문 등에 버틸 수 있는 교육 정도는 받는 것이 기본이다.

황족을 모시는 시녀가 고문을 받아 황족이 아닌 다른 자에게 굴복하여 황족에 위해를 끼치는 것만큼 최악이 또 있겠는가.

그렇기에 이런 교육은 기본이며, 또한 동창의 무사들이 손수 나서 교육을 시켜주는 경우도 더러 있을 정도다.

지금 그녀가 버티고 있는 건 그만큼 시녀로서 교육을 잘 받았다는 이야기기도 하니 황녀가 힐책할 수도 없었다.

다만 마음은 조금 급할 수밖에 없었다.

"으음……."

계속되는 두통. 온갖 영약을 먹어서 내공을 얻고, 자연스레 체력을 더 얻었음에도 점차 떨어지는 체력이 황녀를 급하게 만들었다.

'좋지 못하다.'

계속해서 중독이 되는 것보다는 나았지만, 이미 중독이 시작된 터.

죽지는 않았으나, 죽을 독에 중독이 되었었으니 몸이 상하는 게 무리도 아니다.

"신의도 아직이더냐?"

"안에서 두문불출하고 있습니다. 밤낮으로 불이 꺼지지 않는 것으로 보아……."

"계속해서 움직이고 있다는 거겠지. 되었다. 신의가 아닌가. 때가 되면 나올 게야. 이 몸이 괜히 급하게 굴었던 것이겠지."

"……."

운현이 나오게 되면 어서 황녀에게로 데리고 와야겠다 생각을 하고 있는 영철이었다.

"들어가 보게. 요 며칠 그대도 힘들었을 것이 아닌가."

"……아닙니다. 제 자리가 이곳이지 않습니까."

"되었네. 다른 이들도 있지 않은가. 지금은 자네의 몸도 중요히 챙겨야 할 때이지 않나. 명령일세."

"……말씀 받잡겠습니다."

황녀가 고개를 끄덕이자, 조용히 물러나는 영철이었다.

다만 떠나는 마지막까지도 황녀가 걱정이 되는지, 그의 시선은 끝끝내 황녀를 향하고 있었다. 그다운 모습이었다.

'……조금은 힘들구나.'

황녀는 황녀 나름으로 중독된 자신의 몸과 싸움을 벌이며 버티고 있었다.

*　　*　　*

그 사이. 운현은 또 다른 자신만의 싸움을 벌이고 있었다. 아니 정확히는 당기재를 위한 그의 싸움이었다고도 할 수 있었다.

'답은 이미 나와 있다.'

독을 처음 접하고, 운현은 금세 독의 작용 방식에 대해서 알 수 있었다. 해독의 방식 또한 조금 더 연구하여 바로 알아낼 수 있었던 운현이었다.

그의 그동안의 경험이 있기에 가능한 일. 굳이 경험이 아니라고 하더라도.

'때려 박으면 가능하긴 하지. 후유증 또한 치료하면 될 일이고. 이참에 황녀에게도 득이 되게끔 할 수 있으니…….'

다른 것이 아닌 선천진기를 때려 박음으로써 황녀의 독을 깔끔히 치료할 수 있다고 자부하는 운현이었다.

그 후유증 또한 역으로 황녀에게 좋은 것으로 바꿀 자신도 있었다.

그 정도쯤이야 쉬웠다. 대신에 해독보다도 더 어려운 것이 있었다. 바로 당기재. 그에게 원하는 바를 얻어내기가 힘들었다.

하나를 가르치면 열을 아는 천재가, 하나를 가르쳐도 하나를 알지 못하는 둔재를 바라보듯 약간의 답답함을 가지고 운현이 물었다.

"……아직입니까?"

"크흠…… 어렵습니다. 그래도 곧……."

당기재가 못내 미안하다는 듯 머리를 긁적인다. 그로서는 최선을 다하고 있는 터. 하지만 결과가 아직 나오지 못하고 있었다.

*　　*　　*

'하면 된다.'

허나 운현이 옆에 붙어 있지 않은가. 게다가 운현은 주입식 교육의 끝판왕을 달렸던 전생을 살아왔다.

한때 거대 문파의 힘도, 좋은 스승에 영약 빨면 가능하다고 외쳤던 운현이다.

그런 운현이기에 결과를 억지로 만들어 내는 방식도 분명히 알았다. 상대가 이해를 잘 못하면 끊임없이 주입을 하면 되는 것이다!

'당기재가 힘들긴 하겠으나…….'

실로 오랜만에 주입식 교육을 꺼내어 든다고 생각하며 운현은 비정한 칼(?)을 뽑아 들었다.

"……어렵구려."

"안 되면 될 때까지 하면 됩니다. 자아, 이 독이 무엇인지는 알겠지요?"

"혼합독이지 않소."

"그렇죠. 혼합독이죠. 역병에 사용된 것과 비슷합니다. 또한 전에 없던 방식이지요."

"그 방식이 문제요. 익혀지지가 않는달까. 대체 당가의 방계가 어디까지 발전한 것인지…… 우리가 아니라 그들이 맞는 게 아닌가 의심도 들 정도요."

역병을 만든 자들. 암화인 것은 확실하다.

문제는 그 암화에 당가의 방계가 섞여 있을지도 모른다는 것. 역사가 깊은 당가이니만큼 방계가 있는 것도 이상한 일은 아니나 이건 꽤 심각한 일이었다.

워낙에 많은 여러 일들이 있어서 후순위로 계속해서 밀렸지만, 역병의 제조에 당가의 방계가 끼어들었을 수 있다는 건 큰 문제였다.

헌데, 그 방식이라고 하는 것이 당가의 직계라 할 수 있는 당기재로서도 생각지 못한 획기적인 방식이었으니!

'저 정도 반응이야 당연한 거지.'

직계라고 하는 자들이 방계에 밀렸으니 자괴감이 드는 것도 당연한 일이다.

하기는 지금처럼 자괴감이 들려고 독공을 익히고 한 것도 아니지 않겠는가. 하지만 이미 일은 벌어졌으니 어쩔 수 없는 일이다.

"의심할 필요 없습니다. 익혀서 배우면 됩니다. 그리고 더 발전시키면 될 일이고요."

"그게 쉬운 일은 아니지 않습니까?"

"아뇨. 할 수 있습니다."

"허어……."

둔재가 천재를 바라보는 눈빛이 이러할까.

'무슨 말도 안 되는 소리를…….'

아무리 신의의 말이라지만 동의하기 힘들다는 듯 운현을 바라보는 당기재였다. 하지만 운현의 주입식 교육은 이미 발동된 지 오래다.

'계획을 위해서라도 당기재도 발전해야 해.'

운현의 눈빛이 심연처럼 깊어졌다. 그로부터 나오는 목소리 또한.

"그러니 아주 완벽하게 박아주겠습니다. 제대로 처음부터……."

"커흠. 독은 그래도 신의님보다는……."

"아닙니다. 이건 다른 겁니다. 주입이죠. 주입. 자아, 여기부터 시작하는 겁니다."

심연에서부터 울려 나오는 듯한 차분한 목소리와 함께 당기재를 향한 끊임없는 가르침이 시작된다.

깊고 또 깊어서. 도무지 빠져나올 수 없을 정도!

"이거 언제 끝납니까?!"

"끝날 시간이 어딨습니까. 이 시간에도 암화는 움직입니다."

"커흠. 그럼 잠시 휴식이라도……."

"그럴 시간에도 암화는 움직입니다!"

어떻게든, 어떤 식이든, 무엇이든 간에 당기재가 빠져나갈 구멍은 없었다.

이미 전생에서부터 주입식에는 완벽하게 단련이 된 운현이지 않은가. 이제 막 주입을 받기 시작한 당기재가 빠져나갈 수 있을 리가 없다.

"크흐……."

"정신 차리십쇼!"

그렇게 당기재는 또 한 번 운현의 늪에 빠져버렸다. 아주 확실하게!

*　*　*

며칠이 더 지났다.

그 사이 황녀의 건강이 좋지 못하다는 영철의 언질을 받고서,

"몇 가지만 더 준비하면 될 듯합니다."

"빠르구나?"

"예. 다만 황녀전하께 더 좋은 방식으로 결과를 낼 수 있게 준비를 할 뿐이니…… 그 점은 송구스러울 따름입니다."

"되었다. 결과만 좋다면야 이 정도야 얼마 정도는 참을 수 있음이니."

황녀를 찾아가 진료를 하는 것은 잊지 않는 운현이었다.

온몸에 독이 퍼진 덕분에, 황녀의 옥체 일부를 보게 되는 영광 아닌 영광을 누리긴 했으나 그걸 감상할 겨를은 없었다.

사의(私意)가 아닌 의원으로서 환자를 살필 뿐이었다. 그게 운현의 본심이었을 따름.

다소 냉담하다 할 수 있는 눈을 하면서까지 황녀를 진찰하던 운현이었다.

덕분인지 황녀가 약간이나마 서운함을 보이긴 했으나, 거기까지는 알지 못하는 운현이었다. 그 누구보다 열심히 진료할 뿐이었다!

"예. 그럼 곧 좋은 결과를 가지고 찾아뵙겠습니다."

"……그러거라."

진료를 끝마치고는 진료를 하느라 잠시 버린 시간마저 아깝다는 듯.

'어서 가야지.'

당기재를 찾아간 운현이었다. 그리곤 전에 하던 교육인지 벌인지 모를 것을 계속해 낸 끝에 결국 성과를 얻어내는 데에 성공했다!

그 어느 날! 당기재서는 예상도 하지 못했던 어느 날.

"……이런 방식이었던 겁니까?"

"그런 겁니다. 비록 삼라만상의 일부일 뿐이지만, 확실히 새롭게 보이지 않습니까?"

"허어……."

당기재가 드디어 운현의 뜻대로 결과를 얻어냈다.

"……이런 거였다니. 아니, 이런 느낌이었다니! 아아!"

깨달음. 아니 이건 깨달음이라기엔 애매했다. 결국은 주입된 방식에 의해 지속적으로 반복해서 얻어낸 결과였다.

'……다소 억지로 얻어냈지.'

암화에서 만들어 냈을 독의 기운을 읽고 또 읽고. 여기에 더해서 황녀가 연구를 하라 마련해 놓은 독들의 기운을 억지로 읽고 또 읽게 했다.

쉼 없이. 각인이 될 때까지!

느끼는 것으로 모자라 이론으로도 때려 박아 넣었던 운현이었다. 계속해서! 반복을 했다!

지치면 선천진기로 자기 자신을 포함하여 당기재를 회복시켜서까지 몰아붙이기를 반복한 지 벌써 여러 날이 지났다.

언젠가 운현이 경지 상승을 위해서 내공을 때려 부었다면, 이번엔 당기재의 능력 상승을 위해서 운현이 자신의 능력을 때려 박은 셈!

선천진기로 회복을 시키고, 깨달음으로 얻은 가르침을 계속해서 주입하고, 기감을 느끼게 하는 것으로 완전히 당기재의 진을 뺐던 운현이었다.

게다가 당기재라고 가만있었던 건 아니지 않은가.

운현의 옆에 있으면서 끊임없이 절차탁마(切磋琢磨)했던 당기재였다. 신의인 운현과 같게 되지는 못하더라도 조금이라도 따라잡기 위해서 움직였던 그이지 않은가.

이번 일이 아니라고 하더라도 그 또한 노력한 바가 있었다.

그 노력이 운현의 함께 협력하며 빛을 발했다.

'……이런 거였구나.'

운현이 느낀 경지.

운현이 먼저 오른 산에 당기재도 조금이나마 발길을 들이는 데 성공했다. 비록 일부일지라도!

'이런 느낌이었어.'

전에 없던 기감이 느껴졌다. 전보다 깊이 느껴졌다. 삼라만상 전부가 깊어지지는 않았으나, 오로지 하나가 깊어졌다.

'독(毒)!'

다른 이를 해하는 것이나, 당가로서는 자다가도 꿈에 그리는 것이 독!

새로운 독이라면 천 리 길이라도 마다 않고, 찾아가서 얻어 오는 독!

만들어 낼 수만 있다면, 때로는 모든 것을 바쳐서라도 얻으려 했던 그 독이!

'생생하다.'

아주 생생하게 느껴지기 시작하는 당기재였다.

그것은 각성이었다. 또한 하나의 발돋움이었다. 운현과 같은 대열로 가기 위한 하나의 성장이었다.

"아아……."

거뭇한 사내가 자신도 모르게 신음을 흘릴 정도의 감탄이

나오는 느낌. 일반인이라면 가지지 못할 새로운 감각의 절정이었다.

일각. 이각. 어느덧 반 시진.

미각. 촉각. 후각. 청각. 시각. 오감을 뛰어넘는 새로운 감각이 주는 새로움. 주변에 잔뜩 쌓여 있는 독의 기운을 음미하기까지 그가 걸린 시간이었다.

'그럴 만도 하지.'

상황이 급하나, 운현은 그가 음미하고 또 음미하는 시간을 기다려 주었다.

처음 운현이 깨달음을 얻었을 때. 그때의 느낌을 아직도 기억하기 때문이었다.

지금도 같이하고 있는 형인 명학을 치료하기 위해서 고군분투하던 중 얻었던 기감의 깨달음.

그때의 느낌이란 지금 생각해도 경이로울 정도였으니 당기재가 저러는 것도 무리는 아니었다.

다만 운현과 당기재의 차이가 있다면, 당기재는 운현이 맞지 않는 경지에 강제로 끌어 올렸다는 점이었다.

운현의 기감은 기운 자체를 느낀다면, 당기재의 것은 기운 자체가 아니라 오로지 독 기운에만 한정되어 기감이 발달했다는 것이 문제라면 문제였다.

감각이 한정됐다는 소리다.

어쩌면 이는 후에 당기재가 경지를 올릴 때 방해가 될 수도 있을 수 있는 문제였다.

허나 당장에 그것을 중요히 여기는 자는 이곳에서 그 누구도 없었다.

전에 없던 경지. 새로운 기감의 경지를 얻었다는 것에 심유하게 음미하고 있는 당기재와 자신이 가르친 제자(?)의 성장을 기꺼운 표정으로 보는 운현만이 있을 뿐이었다.

한참 후.

정신을 차린 당기재는 불타오르는 눈빛으로 운현을 바라봤다. 진심을 전해야겠다는 듯 정중하게 각을 잡고서는.

"……이 당 모, 신의님 아니, 대협께 은혜를 입었습니다. 이런 것일 줄은…… 이런 느낌일 줄은 상상도 못 했습니다."

인사까지 올릴 정도였다.

운현으로서는 원하는 바가 있어 당기재의 경지를 끌어 올렸을 뿐이었다.

길게 본다면 강제로 끌어 올린 이 감각은 당기재의 성장에 방해가 될지도 모를 일이었다.

'미증유의 일이지…….'

이런 식으로 경지를 끌어 올리는 경우는 처음인지라 확실하지는 않지만, 가능성이 아주 없는 것은 아니었다.

그렇기에,

"당 소협이 잘 따라왔을 뿐입니다. 되레 상황이 급하여 이런 식으로 끌어 올린 게 죄송스러울 따름……."

운현은 솔직히 자신의 뜻을 말하려 했으나, 당기재는 되레 손사래를 치며 운현의 말을 막아섰다.

"아닙니다! 이건 일반적인 무림의 성장과 궤를 달리하니 그에 염려를 하실 필요는 없습니다. 생각지도 못한 경지에 가게 되었는데, 원망이라니요!"

"그리 생각해 주시니 다행일 따름입니다."

"하하. 당연한 것 아닙니까. 이 당 모. 전에도 그러했으나, 이 은혜 평생을 두고 갚겠습니다."

진심인 듯 눈을 빛내는 당기재였다.

그로서는 운현의 경지를 부러워했던 바다.

기감으로 다른 이들이 느끼지 못하는 것을 느끼는 것은 전에 없던 감각이 발달했다는 것이지 않은가.

무림인으로서 이를 부러워하는 것도 당연하다면 당연한 이야기다.

거기다 이 깨달음으로 말미암아 독에 한정되어서는 운현만큼이나 깊게 느끼게 되지 않았는가.

덕분에 당기재로서는 당가에서도 전에 없던 경지로 갈 가능성을 얻은 셈이다.

무인에게 있어 더 높은 경지로 갈 수 있는 가능성은 스승에게서나 얻을 수 있는 것! 그걸 운현이 주었다!

이런 상황에서 운현에게 고마워하지 않으면 그게 더 이상했다. 당기재의 말마따나 평생을 두고 갚아야 할 일이었던 것이다.

그런 당기재의 진심이 전해졌을까. 아니면 본래부터 계획했던 대로 움직이기에 딱 좋은 상황이 되었다 여긴 걸까.

운현이 슬쩍 웃음을 지었다. 이런 웃음을 지을 때면 의방이든 표국이든 간에 고생을 하는 자들이 넘쳐났다!

그걸 당기재는 빨리 눈치챘어야 했다.

눈치를 채기도 전에 은근한 눈빛으로 이야기를 꺼내는 운현이었다.

"정말 뭐든 하실 생각이시지요?"

"아무렴요! 도의에 어긋나는 것만 아니라면야 그게 무엇이든!"

"후후. 그럼 마침 당 소협이 하실 만한 일이 있습니다. 오로지 당기재 소협만이 하실 수 있는 일이지요."

"호오. 뭡니까!?"

당기재의 표정이 기대감으로 물들었다.

기감을 얻었으니, 그 기감을 이용해서 새로운 독을 만들라고 하는 것일까?

아니 운현은 의원이니, 약재를 만드는 데 이 기감을 이용하라고 할까?

다소 아쉽기야 하겠지만 약과 독은 한 끗 차이이니 그쯤이야 새로운 기감을 이용하면 어렵지도 않은 일이었다.

그도 아니면.

'설마…… 역병! 그건 좋겠군.'

당가를 나간 방계가 만들었을 것이 분명하다 여겨지는 이 독을 뛰어넘는 새로운 독을 만들라고 하는 것일까?

순식간에 수없이 많은 생각들이 당기재의 머리로 스쳐 지나간다.

독을 느끼고, 응용할 생각을 하면서 행복해하는 당기재의 모습을 보고 있노라면 천상 독에 미친 당가의 자제다웠다.

하지만 운현이 시키는 일은 당기재의 기대와는 꽤 멀리 동떨어져 있었다.

"조사입니다."

"무슨 조사입니까! 독 조사라면 얼마든!"

"후후. 그런 게 아닙니다. 사람 조사입니다. 자아, 이 기감을 이용해서……."

운현의 설명이 이어지면 이어질수록, 기대감으로 가득 차 있던 당기재의 눈빛이 시커멓게 죽어가는 것은 어쩔 수 없다면 어쩔 수 없는 일이었다.

第五章
당기재의 한숨

운현이 당기재에게 말한 조사. 그건 사람을 조사하는 일이었다. 독이 관련된 부분이긴 했지만.

'하나보다는 둘이 낫지.'

현재 운현만큼이나 기감을 가진 자는 오로지 당기재뿐이었다.

이는 당기재가 독에 재능이 있고, 독을 익히기 위해서 의술을 어느 정도 익힌 게 주요했다.

다른 자라면 이런 식으로 경지를 끌어 올리는 것은 생각지도 못할 일이었다.

그렇게 당기재를 얻었으니, 적어도 독에 있어서만큼은 당기재 또한 운현만큼이나 기감이 발달하지 않았는가.

'다소 예상외긴 하지만…….'

사실은 당기재가 자신과 같은 뛰어난 기감을 얻기를 원하기는 했으나, 독의 기운에 한정되어서 기감의 깨달음을 얻게 된 건 운현으로서도 예상외의 일이긴 했다.

'전문성의 차이일지도. 아니면 기운의 차이거나.'

운현이 익힌 것은 세상 만물 기운의 상위에 있다는 선천진기이지 않은가.

당기재의 경우는 당가의 자제답게 독에 있어 최상의 기운을 익혔다.

그게 차이를 낳은 듯했다.

선천진기를 익혀 여러 기운을 느끼고 내포할 줄 아는 운현은 최상의 기감을, 독에 한정된 당기재는 독에 관련된 기감을 얻은 듯했다.

그래도 지금 당장은 독에 관해서만 기감이 발달해도 충분했다!

그리고 그 기감을 이용해서 운현은 조사를 하라 말했다.

"……그러니까 독을 느끼라는 거지요?"

"바로 그겁니다!"

"휴우…… 전이라면 불가능했겠지만, 지금은 될 거 같기는 하군요."

"예. 분명히 될 겁니다."

시녀로부터 기를 느낀 건 운현뿐이지 않은가. 기감이 중요하게 작용해서 가능했던 일이었다. 오로지 운현만이 있었으나, 지금은 당기재가 있기에 운현 하나가 아니라 둘이 됐다!

하나에서 둘이 된 것뿐이지만 그걸로도 운현은 만족스러웠다.

그건 꽤나 획기적인 발전이었다.

'일을 맡길 수 있게 되었어.'

그 전이라면 운현이 홀로 뒹굴어야(?) 했을 거다.

홀로 일하고 또 일하며, 사람을 찾아내야 했을 거다. 하지만 지금은 당기재라는 획기적인 노, 아니 일꾼이 생겼다.

덕분에 깨달음에 한창 행복을 느끼던 당기재가, 앞으로의 일에 죽을상이 되기는 했지만 어쩌겠는가.

이미 도의에 어긋나는 일만 아니라면 평생을 두고 운현에게 봉사(?)하겠다고 선언해 버린 당기재였다.

약조도, 계약서도 아무것도 없지만 그 선언만으로도 이미 충분했다.

"당 소협의 기감 아니, 신의(信義)를 믿습니다. 잘하실 수 있지 않습니까."

"거야 그렇습니다만은…… 허어. 새로운 것을 만들 줄 알았는데 조사라니. 크흠."

"잘하실 거라 믿습니다. 그 기감이라면요. 후후."

내빼려는 당기재에게 아주 쐐기까지 박아버리는 운현이었다. 당기재로서는 달리 수가 있겠는가. 그가 할 말은 이미 정해져 있었다.

"……알겠소이다. 내 힘써 보겠소."

운현의 노, 아니 운현을 대신하여 조사를 하게 된 당기재였다.

그가 새로 깨달음을 얻지 못했더라면 절대 할 수 없었던 일인 터.

"그럼 바로 가 보겠소."

"예. 생각보다 이곳에 머무르는 자들이 많으니 급히 움직여야 할 겁니다."

"휴우. 알겠소이다. 일의 중요도는 알고 있으니…… 바로 움직이지요."

덕분에 운현으로서는 당기재가 떠나는 모습을 기꺼운 표정으로 바라볼 수 있었다.

'좋군. 좋아.'

조사라는 것이 말이 쉽지 생각보다 어려운 일인 터.

독을 주입받았던 시녀를 생각하면, 동조자도 있을 게 분명한 일이기도 했다.

지금까지 숨어 꼭꼭 숨어 있을 동조자를 찾는 건 꽤나 지

리멸렬한 일이 될 터.

운현으로서는 그 일을 맡길 수 있게 되었으니, 기꺼울 수밖에 없었다. 다만 당기재 앞에서는 표를 내기가 힘들었을 따름이다.

"후후후……."

꽤 오랜 시간을 즐기듯 당기재의 빈자리를 보던 운현이다.

'좋은 성과다.'

상황에 떠밀리며, 어쩔 수 없이 자신 홀로 노력하던 운현이었지 않은가!

지금까지 자신이 했던 일에 후회는 없었으나, 사람이기에 힘들었던 것은 당연하다면 당연한 이야기였다!

이제는 그 홀로 해내던 일을 다른 이에게 합법적으로 맡길 수 있게 되었으니, 그 감회란 얼마나 새로울까.

당기재가 경지를 끌어 올려 기뻐하는 것만큼이나 운현 또한 기뻤다.

"슬슬 또 바로 다음으로 가 볼까."

그 기쁨을 음미하며 바로 다음을 향해서 움직이기 시작하는 운현이었다.

허나 운현은 알고 있을까?

그동안의 당기재의 노력이 있다지만, 그가 새로운 경지를 끌어 올리게 한 것은 꽤나 대단한 일이라 할 수 있는 것을?

새로이 다른 이의 경지를 끌어 올릴 수 있는 재능이란, 다른 자에게 있어 꽤 눈독 들일 만한 일이라는 것을 그때까지의 운현은 깨닫지 못하고 있었다.

그 대신에 그는,

"전하께서 들라 이르십니다."

"그럼."

다른 것에 몰두를 하고 있었다.

* * *

그가 새로이 몰두할 것. 정해져 있지 않은가. 바로 황녀의 치유였다.

'그때 이후로 더 나빠지지는 않았다.'

그가 한 번 다녀가서인지, 황녀의 상태는 계속 그 상태에 머물러 있었다. 운현이 더 중독되지 않도록 처리를 해 둔 덕분이었다.

이 또한 선천진기를 이용해서 해 놓았던 일.

'아직 여유가 있어.'

덕분인지 급할 것은 없었다.

"당가의 아이가 움직였다 하는데, 약조를 지킬 때가 온 것인가?"

"물론입니다."

전보다 더 나은 상태로 만들어 주겠다는 약조. 치료를 함과 동시에 약조를 지키기 위해서 움직이기 시작하는 운현이었다.

"그럼 시작하지요."

"기다렸던 바다."

* * *

환자의 상태를 살피는 것은 기본. 응급 환자도 아니기에 생각만큼 급한 것도 아니었다.

이런 경우에는 자세히 살피는 것이 중했다.

맥을 통해서 느껴지는 것들에 더해 운현은 자신의 기감을 최대한 살려 황녀를 살피기 시작했다.

'힘들었겠군.'

예상보다 상태가 나빴던 것은 아니다. 딱 예상만큼 상태가 좋지 못했다.

허나 예상 범위 이내라는 것이지, 그녀의 상태가 좋다는 뜻은 아니었다.

'두통은 심했겠고…… 몸 자체도 앓는 느낌이 지속됐겠군. 온몸이 저렸겠어. 심하게.'

어디선가 다른 누가 죽어가는 것보다, 자기 손톱 밑에 박힌 가시가 더 아프게 느껴지는 건 사람에게 당연한 일이지 않은가.

황녀가 어찌 버티기는 했다지만, 여태까지 버티는 것이 결코 쉬운 일은 아닌 걸로 보였다.

차라리 형인 명학의 경우야 고통을 이기다 못해 혼절 상태에 있었다지만, 황녀는 그도 아니지 않은가.

지속적으로 고통을 느끼고 또 느꼈을 게다. 그것도 손톱 밑에 박힌 가시보다 몇 배는 더한 고통을 지속적으로!

그런데도 용케.

'……버텼군. 대단하다 해야 하나.'

운현을 보채는 일이 없이 황녀는 버텨내는 데 성공했다. 표도 내지 않았다. 그야말로 초인적인 인내심으로 버텼다고 할 수 있는 상황이다.

하지만 딱 여기까지다.

'바로 들어간다.'

운현은 자신만의 방식으로 치료를 해 낼 방안을 이미 마련해 왔다.

당기재가 운현으로부터 기감을 얻었다면, 운현은 당기재

로부터 독공에 대한 지식을 얻어냈고 그걸 경험 삼아 자신만의 것으로 발전시키는 데 성공했다.

지금까지는 그걸 시험해 볼 일이 없었으나, 이제는 아니었다.

원해서 만든 상황은 아니었으나 새로운 방식의 치료, 나아가서는 더욱 좋은 것을 얻는 데 딱 좋은 상황이다.

고오오오오—

그를 위해 운현의 치료가 시작되었다.

*　　*　　*

시작은 선천진기를 불어넣은 침으로부터였다.

하나둘씩 꽂혀가는 침은 아주 정확했다. 원하는 깊이만큼 정확하게 침이 꽂혀져 갈수록 황녀는 편안함을 느끼는 듯했다.

"으음…… 들어가는 것이더냐?"

침이 꽂혀 잠시나마 상태가 나아지면서 나른함을 느끼는지 그녀가 작게 신음하며 물어 왔다.

"물론입니다. 꽤 많이 꽂혔지요."

"그런데도 느낌이 없다니…… 이야기는 들었으나 신기하구나."

"작은 재주일 따름입니다."

"……그대는 정말 못 보는 사이 말재간만 늘어난 느낌이다."

"후후. 칭찬으로 듣지요."

그동안 있었던 일들을 비롯한 작은 한담을 나누는 사이에도 운현은 계속해서 집중하여 움직이기를 멈추지 않았다.

'빠를수록 좋다.'

치료라는 것은 언제나 생각지도 못한 변수가 나오곤 하는 터.

정해진 계획대로 하는 치료라면 최대한 빨리 하는 것이 나음을 알기에 운현은 분주히 움직였다.

그 덕택인지,

'……일 단계는 성공.'

침을 꽂아 운현이 원하는 대로 황녀의 몸에 있는 기운이 움직이게 하는 데 성공했다.

"휴우……."

자신도 모르게 한숨을 쉬려니, 황녀가 물어오지만.

"끝이더냐?"

"고비 하나는 넘겼습니다."

아직 끝은 아니었다.

침 하나로 그녀의 상태를 돌려놓고, 기운을 움직이게 만들었으나 이는 어디까지나 임시방편.

침을 이용해서 억지로 흐름을 만들었을 따름이다. 이제 이 흐름이 침이 없이도 계속되도록 만드는 것이 중요했다.

치료를 하고 거기서 더 나아가.

'면역 체계를 만들어 버리는 것이지.'

황녀에게 선물을 만들어 줘야 했다.

침을 다 꽂은 황녀의 몸 위로 중구난방으로 퍼져 있는 박자를 조율하는 조율사처럼 손을 놀리기 시작하는 운현이 있었다.

*　　　*　　　*

면역. 말은 쉬우나 꽤 중요하달 수밖에 없는 체계였다.

이 면역을 이용하여 사람은 많은 해로운 것으로부터 버텨낼 수 있게 된다. 또한 새로이 면역체계를 만들어 줌으로써 병을 피하기도 한다.

전생을 겪은 운현이야 이런 개념이 어려운 것도 아니지만, 어지간한 의원들은 잘 알지 못하는 사실이기도 했다.

감으로나마 아는 자들도 있기는 하겠으나, 아주 확실히 개념을 잡은 자는 거의 없을 거라 자부하는 운현이었다.

병에 면역이 된다는 이 개념. 그걸 운현은 한 발 더 나아

갔다.

'기운. 모든 기운은 아니더라도 독에 저항하게 만드는 건 인위적으로 가능할지도 모르지.'

흔히 무림에 만독불침이라는 말이 있지 않은가.

경지에 이르게 되면 만독이 감히 기휘를 범하지 못한다는 경지였다.

말이 만독의 불침이지 실제로 만독불침에 다가서는 자는 많지 않다. 운현만 하더라도 선천진기의 강력한 내공을 지니고 있으나 모든 독을 이겨낸다고 장담은 하지 못한다.

하지만 하나는 확실했다.

강력하고 뛰어난 내공, 많은 내공을 가진 자는 분명 독에 강력하다.

특히 운현처럼 선천진기를 익히거나, 독공, 독에 상극인 화공 등을 익힌 자들은 더더욱 강하다.

거기서 운현은 하나의 작은 실마리를 느꼈다.

'독의 면역.'

만독은 아니더라도 백독. 백독은 아니더라도 어지간한 피독주보다 뛰어난 체계를 가진 몸으로 만들 수 있지 않을까 하는 실마리였다.

무공을 꼭 익히지 않더라도 인위적으로 만들 수 있지 않을까 하는 생각에서 시작됐다.

'전이라면 힘들었겠지만…….'

이번 역병 사태 때 당기재와 함께하며 쌓은 독공의 지식이 주요하게 작용했다. 할 수 있다는 확신을 줬다.

또한 황녀만큼이나 좋은 자도 없었다.

본격적으로 무공을 익히지 않았어도, 온갖 영약으로 내공을 지닌 자는 생각보다 세상에 많지 않다.

또한 마침 독에 당하여, 중독된 상태에 있는 자도 많지 않았다.

황녀는 여기에 딱 들어맞았다. 마치 운현이 새로운 실험을 기다렸다는 듯 때맞춰 등장한 존재였다.

그 기회를 운현은 확실히 활용하기 시작했다.

기운을 움직이고, 침을 매개로 사용한다. 여기에 그가 그동안 집대성한 지식들을 쏟아 붓는다.

"으읏……."

그 기운을 받아들이는 황녀가 자신도 모르게 내뱉는 신음에 상관없이.

끊임없이 움직이고 있는 운현이 있었다.

*　*　*

"아아……."

온몸이 땀으로 젖었다. 운현도. 황녀도.

전에 없던 치료, 아니 나아가서는 새로운 체계를 갖추게 하는 일은 운현의 예상 이상으로 시간이 걸렸다.

처음 하는 일이기에 운현도 숙련도가 없었다. 속도를 더 할 수가 없었다.

'큰일 날 뻔했었다.'

생각지도 못한 부분에서 그녀의 기운이 폭주를 할 때도 있었다.

순식간에 그녀의 기운들이 한곳에 집중하여 끓어오르듯 열이 오를 때도 있었다. 반대로 온몸이 차가워지는 경우도 있었을 정도.

'쉬운 일은 분명 아니다.'

새로운 체계를 구성하게끔 만든다는 것은, 특히나 자신의 몸도 아닌 타인에게 만든다는 것은 생각보다 어려웠다.

그가 세운 이론대로라면 매우 쉽게 끝이 났어야 할 일이, 길어지고 늘어져 갔다.

시간이 얼마나 지났는지는 가늠도 안 한 지 오래일 정도.

무섭도록 집중을 했기에 생각보다 많이 시간이 흘러갔을 수도, 또 의외로 별로 시간이 지나가지 않았을 수도 있다.

운현도 이 부분에 대해서는 확실히 알 수 없었다. 다만 확실히 아는 것은 하나.

'……됐다.'

구 할. 거의 성공했다는 거였다.

*　　*　　*

성공이다.

기운을 다스리고, 황녀의 상태가 정상 아니 그 이상임을 알게 되는 것으로 모든 과정은 끝이 났다.

자신의 몸에 도도히 흐르는 기운에 뭔가 이상함을 느낀 걸까. 아니면 자신의 몸임에도 전에 없던 다른 어떤 느낌을 받은 걸까.

작게 상게된 얼굴을 하고서 황녀가 물어왔다.

"……끝이더냐?"

"예. 끝입니다. 치료를 하였고, 약조드린 대로 그 이상을 얻게 해 드렸지요."

"그런데 뭔가 이상하구나. 묘하게 기운이 움직이며 간질간질하는 것이…… 전에 없던 느낌이로다."

발갛게 올라온 홍조. 약간씩 나는 땀. 아주 작은 떨림. 묘한 모습이었다.

다른 이라면 뇌쇄적인 모습이라고 할지도 모를 모습이었다.

묘하게 운현을 바라보는 눈빛이 떨리고 있음에도, 운현은 그것을 당연하다 생각했다. 참 놀랍도록 둔한 목소리로.

"잠시 적응이 필요한 것입니다. 새로운 체계에 몸이 적응을 하는 것이라고 하면 이해가 편하실 겁니다."

"새로운 체계라…… 그래. 무슨 공능이 있는 것이더냐?"

"만독은 아니더라도 독에 면역이 될 겁니다. 아주 많은 독에. 혹여나 강력한 독이라 하더라도 좀 더 오래 버티실 수 있게 되겠지요."

"호오……."

운현의 말을 들은 황녀의 눈이 반짝인다.

독에 관한 면역이라니.

자고로 고관대작이나 황족이라면 가장 무서워하는 것 중에 하나가 독이지 않은가.

차라리 직접적인 습격은 동창이든 무사든 동원하여 대비라도 하겠지만, 독은 항시 대기하고 또 대기한다고 하더라도 어떻게든 중독되는 경우가 많았다.

때로는 잠자리를 통해서 중독을 일으키기도 하는 방식이 있고, 또 때로는 약한 독을 자신도 모르게 여러 개 흡수하여 강한 독으로 발전되는 경우도 있다.

말로는 다 설명하기 힘들 정도로 많은 독을 중독시키는 방식이 있을 정도다.

하남을 뒤덮었던 역병도 결국 독의 일종이었다는 걸 생각하면 느낌이 올 정도이지 않은가.

그런데 운현은 그런 독에 면역을 가지게끔 만들어 줬단다.

따로 수련을 해낸 것도 아니고, 오로지 치료 한 번 받았을 뿐인데!

다소 고통스러운 과정이 있기는 했으나, 만독불침을 얻겠답시고 수련을 하는 것보다는 훨씬 쉬운 일이었다.

힘들기는 하지만 버틸 만은 했다.

아니 버티기 힘들다고 하더라도 독에 어느 정도의 면역만 가질 수 있다는 걸 알면, 많은 고관대작들이 이걸 시술해 달라 줄을 설게다.

미친 듯이!

그런 일을 잘도 해놓고는 아무렇지도 않은 표정을 하는 운현이었다.

얼핏 그런 운현을 바라보며 장난기가 도는 황녀였다.

"그대는 그대 스스로 귀찮아질 일을 했구나?"

"……그게 무슨 말씀이신지요."

"알잖은가. 자고로 독이라고 함은 이 몸과 같은 자들에겐 그 무엇보다 두려운 것인 터. 때로 앞에 놓인 칼보다 무서운 게 독이다. 그걸 자네는 막았다."

"확실하게 모든 독을 다 막을 수 있는 건 아닙니다만…….

피독주보다 조금 나은 수준입니다."

"후후. 그 정도 수준이라고 하더라도 원하는 자들은 수두룩할 거다. 원한을 쌓은 자. 권력이 있는 자. 돈이 있는 자. 모두 원하겠지. 그걸 해낸 거다. 자네는."

"……이런."

그제서야 상황을 깨달은 운현. 이때만큼은 그로서도 괜찮다는 말을 할 수가 없었다.

"이 소식이 알려지면 많은 자들이 달려들 게다. 그대에게 이 시술을 해달라고."

"생각보다 까다로운 조건입니다."

내공도 필요로 하고, 독에 중독도 되어 고통도 느껴야 한다. 면역 체계를 깨워야 하니까. 게다가 시술 자체도 꽤 힘든 과정이다.

문제는.

"그 까다로운 조건을 기꺼이 맞출 만한 자들이 많다는 것이겠지."

"……아니라고 할 수가 없군요."

독에 면역이 된다면, 황녀의 말대로 그 까다로운 조건에 맞추려고 할 자들이 넘친다는 사실이다.

그리고 그 넘치는 자들은 넘치는 의욕만큼이나 많은 방식으로 운현을 괴롭힐 것이 분명했다.

권력을 가진 자는 권력으로. 금력을 가진 자는 금력으로 운현을 괴롭힐 게다. 생각지도 못한 방식으로.

'여기까지는 생각도 못 했군…….'

새로운 것을 만들어 낸다는 것에 대해서 기뻐했을 뿐!

이렇게 만들어낸 체계가 이런 식으로 자신을 괴롭히는 족쇄가 될 수도 있을 거라고는 전혀 생각도 못 한 운현이었다.

이 족쇄가 또 한 번 운현을 질질 끌려다니게 만들 수도 있음이었다.

그가 벌써부터 질린 표정을 하고서는 말한다.

"……이 사실은 비밀로 부탁드립니다. 황녀전하라면 이해해 주실 거라 믿사옵니다."

"후후. 생각을 좀 해보겠노라."

오랜만에 장난기가 제대로 돌았는지, 빙긋 웃어 보이며 운현을 바라보는 황녀였다.

第六章
동조자

“……휴우.”

오랜만의 피로다.

꽤 오래 실랑이를 한 덕분에 약조를 받는 데에 성공을 했다. 비밀을 지켜주기로 약조한 황녀다.

물론 대신에.

“어려서부터 어미의 보살핌을 받지 못한 작은 아이 하나는 따로 부탁하겠노라. 물론 비밀은 보장이 될 게다. 보상도 있을 것이고.”

“휴우. 알겠사옵니다.”

황녀인 그녀가 아끼는 황자 중 하나에게도 시술을 해 주기는 해야 했다.

비밀 보장도 확실하다 하니 못 할 건 없었다. 또한 보상을 확실히 해 준다는 황녀의 말은 충분히 믿음직스럽기도 했다.

황녀가 원하는 자에게 시술을 해 주는 대신에, 그녀를 비밀을 지키기 위한 방패막이로 쓸 수 있다면 그건 그거 나름 남는 장사다.

나쁘지 않은 거래였다.

"이 몸에 대한 것도 준비가 된다면 바로 보상을 마련해 주겠느니라."

"……아니옵니다. 그걸 바란 것은 아니었으니."

"내 마음이라 생각하면 될 일이다. 그대는 거절치 말거라."

"그리 말씀을 하신다면…… 감사히 받겠사옵니다."

생각지도 못한 덤도 받았으니 사실 생각해 보면 이보다 나은 성과도 또 어디 없었다.

다만 황녀가 장난기가 돌아서, 비밀을 가지고 한참 장난을 친 덕분에 진이 빠졌을 따름이었다.

황녀야 장난삼아 벌인 일이겠지만, 그 장난을 받아야 하는 운현으로서는 꽤나 난감할 수밖에 없었으니까.

"들어가 볼까나."

생각지 못한 한 건을 하고 들어서는 운현이었다.

*　　*　　*

중독되는 동안 못 한 일을 하기 위해서 움직인 것일까.

바로 운현을 다시 찾을 거라 생각했던 황녀는, 그날 이후로 바삐 움직이기 시작했다.

물론 어딜 떠난 것은 아니었다. 그녀 자신은 자신이 머무르던 거처에 가만 있었다.

다만 그녀의 말을 따르는 동창 무사와 시녀들이 그녀의 거처를 오고가며 바삐 움직였다.

가만 앉아 있지만, 그 안에서 다른 이들은 해내지도 못할 복잡한 수를 사용해 가며 움직이고 있을 것이 분명한 황녀였다.

그 사이 운현도 움직이고 있었다.

"다음…… 또 다음……."

"흐음. 이거 이러다 오늘도 허탕 아니겠습니까?"

"그래도 확실히 봐야죠."

"그야 그렇습니다만…… 이미 몇 번은 본 듯하니……."

옆에 있는 당기재도 잔뜩 피로한 얼굴을 하고서 운현과 같은 일을 하고 있었다.

조사다. 기감을 이용해서 몸에 독을 내포한 자를 찾는 조사.

처음에는 당혹스러워 했던 당기재였다. 깨달음을 막 얻고 기감에 적응도 하지 못했는데, 바로 움직여야 했으니까.

하지만 이제 와서는 조사 자체가 기감을 훈련하는 실전과 같아서인지 제법 잘 적응을 해냈다.

운현과 하릴없이 한담이나 나누면서 기감을 살릴 수 있을 정도다.

문제는 당장 성과가 없다는 것.

"그래도 어젠 한 건 했지 않습니까."

"원하는 자를 찾은 건 아니니 문제겠지요."

"나올 겁니다."

물론 첩자 몇을 잡기는 했다. 이건 당기재보다 기감이 더 뛰어난 운현이 같이 조사를 시작하고 해낸 일이다.

이자들은 독을 내포한 것이 아니라, 암화 특유의 신공을 익히고 있었다.

음습하면서도, 성장력은 빠른 그런 기운을 내포한 자들이 다수 발견됐다. 생각보다 그 숫자가 많아,

"허허…… 성내가 적 천지이지 않은가."

보고를 들은 성주가 자신도 모르게 한탄을 내뱉었다는 후문이 들려왔을 정도다.

그들의 뒤처리는 운현이 맡지 않았다.

"부탁드리지요."

"부탁하실 일은 아니지요. 당연히 저희가 맡아야 할 일이지 않겠습니까."

"그럼……."

동창의 무사들에게 처리를 맡기면 될 일이었다.

심문은 운현이 하고 싶어 하는 일이 아닌 터. 성격에 맞지도 않는 일인지라 동창 무사들에게 맡긴 것은 좋으나 계속해서 성과가 없는 것은 문제였다.

그러다.

"벌써 몇 번은 돈 거 같지 않습니까? 다들 얼굴이 눈에 익습니다만은……."

"흐음…… 그렇구려."

당기재의 말마따나 몇 번이고 성내에 있는 자들을 살피게 될 정도였다.

기감으로 하는 조사는 그리 시간이 오래 걸리지도 않는 터.

황녀와 성주의 전폭적인 지지하에 매일같이 조사를 진행하다 보니 벌써 같은 이들을 몇 번이나 했을 정도다.

황녀나 성주는 혹시 몰라 보낸 것이겠지만, 조사를 해야 하는 둘로서는 피로할 뿐이었다.

해서 당장은 그대로 움직여 주고 있지만.

“현아. 몇몇을 찾은 듯하다.”

남은 일행을 통해서 변화를 맞았다.

“가지요. 어디로 가면 됩니까?”

“생각보다 꽤 많다. 전부를 다 하려면 힘들 정도지. 어쨌든 가보자꾸나.”

“예. 바로 가지요.”

*　　*　　*

운현이 있던 곳. 무려 성주가 있는 곳이다. 지금은 황녀까지 있는 곳이지 않은가. 그런 곳의 규모가 작을까.

그곳에 상주하며 머무르는 자들의 숫자만 하더라도 수백이다. 식객으로 머무르는 자들까지 합하면 그 수는 더 많아질 거다.

성주의 도움을 받아서 이 안에 머무르는 자들은 몇 번이고 조사를 했지만, 아직 조사를 하지 못한 이들이 있었다.

상주하지는 않되, 정기적으로 오고가는 자들이다.

남은 일행은 그들에게 집중했다.

남궁미는 하오문을, 제갈소화는 개방과 소림의 인사들을, 명학은 자신의 방식으로 우직하게 조사를 시행했다.

운현이 치료를 하고, 당기재가 기감을 얻고, 둘이서 지루하기만 한 조사를 하는 동안 이뤄진 일이다.

각자의 방식으로 조사를 하고 머리를 모아서 몇의 인원을 추렸다.

상주하는 인원들만큼이나, 오고가는 인원들도 많기에 이 몇의 인원을 추리는 것은 꽤나 큰 일이 됐었다.

그 인원들이 먹고 마실 것을 공급하는 사람, 관리로서 움직이는 사람, 용무가 있어 들르고 가는 사람까지.

그 수가 적으면 그게 더 이상했다.

남궁미, 제갈소화, 명학. 이 셋의 노력이 없었더라면 이런 단기간에 하기 힘든 일이었다.

당장 운현을 안내하는 명학만 보더라도 초췌하기 그지없었다. 한창 연구를 할 때의 운현만큼이나 초췌하다.

그래도 안내를 하는 눈은 여전히 창창하게 빛이 났다.

"여기다."

"식료품들을 공급한다는 곳이더군. 정기적으로 나오던 자가 최근에 바뀌었다고 한다. 이상해서 찾아냈지."

"정확히 누구입니까?"

"저자다. 몸에 얼핏 보이는 흉터는 어려서 험한 일을 해서 그런 것이라더군. 마을에서는 개과천선해서 잘 살고 있는 것으로 알려져 있다. 꽤 소문이 좋지."

"개과천선이라……."

험한 일을 하다가 이제는 식료품을 나르는 일을 한다라.

대단한 일은 아니라고 할 수 있지만, 마을이라는 작은 사회에서 보기에는 꽤나 좋은 모습일 터다.

일종의 미담이라면 미담.

마을 내에서 그에 관한 소문이 좋은 것도 이해는 갈 만한 일이다.

운현은 그런 그를 자세히 살피었다. 기감. 의원 특유의 눈썰미. 무인으로서의 시선까지. 가만 바라보는 것으로도 꽤 많은 정보가 보였다.

'낭인 출신이로군. 각이 잡혔어. 실력도…… 나쁘지 않아.'

사내의 몸에는 각이 잡혀 있었다. 소위 몸을 쓸 줄 아는 사람이었다. 저런 자는 기본적으로 무공을 익힌 자가 많다.

거기에 기감으로 느껴지는 기운은 생각보다 뛰어났다.

지금도 수행을 어디서 하는 것인지, 단련이 되어 있다. 조금만 더 다듬는다면 당장 실전에 써도 될 몸이다.

돈을 벌고자 했다면, 식료품을 나르면서 힘을 쓰는 것보다는 어딘가 표국의 표사라도 되는 게 나아 보일 정도다.

조금만 더 노력을 하면 작은 표국의 표두는 될 수 있을 정도의 모습이었다.

"심상치 않지 않느냐."

"일단은 그렇군요."

표두가 될 수 있을 정도의 몸임에도 식료품이나 나르는 일을 하다니. 일 자체가 나쁜 것은 아니나 일반적으로 이해하기는 힘든 모습이다.

한참을 살피다가.

"……."

"……."

운현과 그의 눈이 마주쳤다.

한창 일에 집중을 하고 있던 그의 눈이 흔들렸다.

당장 성내에서 가장 유명하다 할 수 있는 이는 운현과 황녀. 그중 황녀의 용안은 쉬이 볼 수 없으니 운현의 얼굴이 가장 잘 알려져 있다.

사내도 운현의 정체를 알고 있는 듯했다. 그러니 보자마자 눈이 바로 흔들렸겠지.

그 눈빛은 일종의 불안이었다. 자신의 평온함이 깨질지도 모른다는 불안함이 언뜻 보였다.

'사연이 있군…….'

강한 무력을 가졌음에도, 이런 일을 하는 자가 사연이 없을 리가 없다. 무언가 말 못 할 사정이 있는 게 분명하다.

원한의 문제이거나, 사고를 쳤거나. 생각보다 많은 일들이 있을 게 분명하다.

허나 당장 운현의 기감이 말하기로는.

'상관이 없어.'

저자는 독을 품지 않았다. 독이 지독하여 몸에 품었었더라면 있어야 할 흔적도 없다. 몇 번이고 살펴도 마찬가지다.

운현은 확신을 가졌다.

이 일에 상관이 없는 자다. 무슨 사연에서인지는 몰라도 그저 그는 지금의 삶에 만족하고 있는 자다.

다만 몸을 수련하는 것만 게을리하지 않은 특이한 자일 뿐이다. 일종의 은거라면 은거였다.

"바로 다음으로 가지요."

"……아니더냐?"

"사연은 가진 것 같으나…… 우리가 조사해야 할 사람은 아닌 듯합니다."

"그 사연이 무엇인지는 알 필요가 없겠느냐?"

"겨우 평안을 찾은 듯한 사람입니다. 그런 자의 평안을 저희 손으로 깰 수는 없겠지요."

대답을 듣는 대신에 운현은 바로 몸을 움직이기 시작했다.

"그렇겠구나."

명학의 대답이 들리는 사이, 운현과 그는 다시 한번 눈이 마주쳤다.

그는 아무런 일도 행하지 않은 운현에게 감사하다는 듯 눈인사를 해 왔다. 자신의 작은 평온을 지켜줘서 고맙다는 듯이.

'세상에는…… 별의별 사람이 많긴 하군.'

약하지 않은 무공을 가지고 있으면서도, 평온한 삶을 바라는 자라니.

자신도 평온함을 바랐으나 어쩌다 보니 일의 핵심에 머물게 된 운현으로서는 꽤나 부러운 모습이었다. 여러 생각을 갖게 하는 모습이기도 했다.

묘한 기분을 느끼면서 운현은 조사를 계속해 나갔다. 그리고 결과는 생각보다 빠르게 나왔다.

* * *

"여기다."

"이번은 맞길 바라야겠군요."

"그래야겠지. 생각보다는 어렵구나."

많은 사연을 가진 자들을 봤다.

무공을 가졌음에도 평범한 일을 추구하는 자들은 생각 이상으로 많았다. 제각각 사연을 가지고 있었고. 그중에 일부 성질이 급한 자들은.

[……넘어가 주시지요. 저는 이번 일에는 상관이 없으니.]

자신이 먼저 전음을 보내거나, 그도 아니면 연서 보내듯 글이라도 써서 보냈을 정도였다.

힘을 가졌음에도 힘을 휘두르지 않는 사람들이 꽤 많다는 의미였다.

또한 특이한 자들도 꽤 봤다.

'저런 무공도 있는가.'

흔히 말하는 바느질. 그 바느질을 하면서 손을 단련하는 자도 보았다.

특수한 무공을 익히는 것인지, 몸 전체가 움직이지 않고 오로지 바느질만 함에도 온몸의 기운이 움직였다.

"……신기하군요."

"마을에서 제일가는 자라더구나. 수를 놓는 것으로도 유명하여 여러 지역에서 찾는 자라고도 하고."

"흐음……."

그건 운현이 보기에 생각지도 못한 전혀 새로운 모습이었다.

바느질을 함으로써 무공을 단련하고, 그것을 실생활에 적용하다니.

자신도 무공에 있어서는 제법 응용을 잘한다고 생각했던 운현이었다. 토행공이나 수어공을 익히기도 하고, 약 제조에도 무공의 개념을 넣기도 하였으니까.

하지만 저건 전혀 다른 모습이었다. 그로서는 신선한 충격으로 다가올 수밖에 없었다.

'저 방식…….'

바늘은 잘 보면 침과도 비슷한 것이지 않은가.

전시로 상황이 급한 경우에는 기운으로 바늘을 다듬어 침으로도 사용했다는 기록도 있을 정도였다.

그런 바늘이 무공도 아닌 실생활에 쓰이면서 보여주는 신들린 손놀림이란!

'응용할 수 있겠어.'

운현에게 생각지도 못한 개안을 만들어 주었다.

그렇게 한참. 각각의 사연. 많은 무공들. 그만큼이나 많은 사람들을 보아가며 운현은 쉼 없이 움직였다.

단순히 기감을 살려서 성내의 사람들을 살피는 것보다는 훨씬.

'유익하다. 또한……'

많은 의미에서 운현에게 개안을 가져다줬다.

생각지도 못한 다양한 사연을 가진 자들을 잘 찾았다는 건, 남은 일행들이 그동안 제법 일을 잘해 왔다는 걸 느낄 수 있는 결과였다.

그리고 그 결과를 제대로 얻을 때가 왔다.

아주 간간이 성내에 들어와 귀한 서역의 물건들을 팔곤 한다는 상인. 귀물들을 가져오곤 해서 마을에서도 거부로 불리는 상인이었다.

성격이 괴팍하여 주변에 다가가는 자들도 없다고 알려진 자다.

그런 그의 작은 장원을 둘이 찾아왔다. 돈을 노리고 왈패들이나 낭인들이 몰래 침입을 한 적이 있었으나 쥐도 새로 모르게 사라졌다는 소문이 돈 곳이다.

보부상에 불과하지만 성주가 귀히 찾기도 한다는 상인의 거처답게 작지만 화려했다.

"없군요."

"정말 아무도 없구나."

아쉽게도 그자는 다시 서역의 귀한 물건을 얻기 위해 움직인 것인지 아무도 없었다.

오로지 홀로 시간을 보낸다는 특이한 성격을 가진 자라 알려져 있는 자다. 시비라든가 종복 노릇을 하는 자가 없는 건 이해가 간다.

문제는 정말 아무런 인기척도 느껴지지 않는다는 거였다.

도망이라도 갔는가 싶었으나, 워낙에 신출귀몰하게 움직

인다고 알려진 자였다. 당장 알 수가 없는 노릇이다.

"동창 무사들에게 부탁이라도 해야 할지도 모르겠군요."

이런 시기에 움직이다니. 꽤 수상하지 않은가. 때문에 추적이라도 맡겨야겠다며, 아쉬운 걸음으로 장원을 나서려는 찰나.

"으음……."

운현의 기감에 느껴지는 것이 있었다.

그건 아주 작은 기운의 흔들림이었다. 자연적으로도 발생할 수 있는 작은 기운의 흔들림. 하지만 운현은 다르게 느꼈다.

자연적인 것이라기보다는 인위적인 것이라 느꼈다.

작은 기운의 움직임이었으나 그로서는 쉬이 넘어가기 힘든 흔들림이었다. 이렇게 작은 기운이 인위적으로 흔들리는 경우는 흔치 않다.

그동안의 경험으로 운현은 깊이 생각하지 않아도 당장 저것의 정체가 무엇인지를 알았다.

"……기관이군요."

"기관이라고? 저 작은 장원에? 보물을 지키기 위해서 만든 기관이지 않겠느냐. 온갖 진귀한 물건이 있으니……."

운현이 듣기로 제갈소화도 이곳을 왔다 갔다 들었다.

그때 기관의 존재를 그녀도 느꼈다고 들었다. 그 규모가 작아 보물을 숨겨 넣기에 딱 좋은 크기였다.

그렇기에 더 의심을 키우지는 않았었다 들었다.

문제는 제갈소화가 말한 기관이 아닌 다른 기관도 느껴진다는 거였다.

"그 기관은 위쪽에 있습니다. 제가 느낀 것은 아래지요. 가 보지요."

"흐음……."

운현이 발걸음을 옮기는 동안 뒤를 따라가는 명학의 표정도 자연스레 심각해진다.

운현도 같이 심각한 표정을 짓고서는 장원의 안을 조심스레 살피기 시작했다. 그러다 이내.

고오오—

기운을 끌어 올린다. 끌어 올린 기운을 허공중에 퍼트리기 시작했다.

운현이 가진바 내공은 어지간히 연배가 높은 무인들의 내력도 뛰어넘는 어마어마한 내공인 터.

그 내공이 허공중에 흐트러지며 보이는 기운의 움직임이란!

어지간한 고수가 초식으로 발출하는 기운을 뛰어넘는 어마어마한 기운이었다.

"허어. 무슨 짓이더냐."

옆에 있는 명학으로서 놀라는 것이 당연할 정도의 기운이다.

살기가 없더라도, 무당의 검수로서 뛰어난 명학으로선 반사적으로 손이 검에 갈 정도의 기운이다.

그런 기운을 뿌려놓고서는.

"……."

운현은 설명이 없었다. 그 대신에 눈을 반개하고서는 무언가에 집중을 하고 있었다.

第七章
기운의 유동

운현 그는 기운을 유동시키고, 유동시킨 기운에서 나오는 변화에 집중을 하고 있었다.

기감에 자신이 있는 그만이 할 수 있는 일이었다. 그 변화 안에서 운현은 이질적인 기운의 움직임을 다시금 느꼈다.

"찾았습니다!"

방금 전 기감으로 이상함을 느꼈으나, 정확히 그 위치를 찾기 힘들었던 곳을 찾아냈다.

자신의 기운을 흩트려 넣어 주변 기운의 변화를 만들어 내어 얻은 성과였다!

"허."

명학의 놀람과 상관없이 운현은 다시금 기운을 끌어 올렸다.

그리고 그대로 발출!

이전과 다른 점이 있다면, 아까는 무지막지한 기운을 단순히 주변으로 흐트러트린 것뿐이었고 이번에는 한곳에 집중했다는 점이었다.

장력이다!

쏘아진 장력이 운현이 바라보는 곳을 향해서 집중되어 날아간다. 선천진기가 응집되어 기운은 맑았으나 파괴력은 보통 이상!

파앙!

무식하다고 할 수 있는 폭음이 터져 나온다.

"괜찮겠느냐?"

"괜찮을 겁니다. 단순한 파괴이니까."

"그게 문제인 거 같다만……."

명학이 염려를 하는 것도 당연했다.

조금만 잘못 건드려도 이상하게 얽혀서 손도 못 대게 변하는 것이 진법이지 않은가.

그런데 그런 진법을 무식하니 장력을 날려서 부수려고 시도하다니!

차라리 다른 곳에서 바삐 움직이고 있는 제갈소화를 데려

와서 진법을 풀게끔 만드는 것이 낫지 않았을까 생각을 했을 정도다.

그래도 결과는 생각 이상으로 좋았다.

휘오오오오—

전에 없던 바람이 불어오기 시작했다. 운현과 명학이 서 있는 곳이 아닌, 운현이 장력을 날린 곳에서부터였다. 갑작스런 바람이었다.

그러다 이내.

콰아아앙!

다시금 폭음이 터진다. 운현이 장력을 따로 날린 게 아니었다. 홀로 일어난 폭발이었다.

폭음이 일고 먼지가 사라진 이후, 전에 없던 구멍이 보였다. 덩치가 큰 사람이 들어가기에 딱 좋은 크기였다.

암화가 만든 인위적인 곳이라고 하기에는 그 크기가 작았다. 이건 암화의 방식이라기보다는.

'좀 다른데…….'

보통의 사람이 인위적으로 안을 파고 들어간 느낌이 더욱 강했다.

암화의 것은 큰 동굴을 만들어내더라도 자연적이라면, 이곳은 인위적인 느낌이 강하다는 뜻이었다.

암화를 꽤 오래 상대했던 운현이 느낄 수 있던 작은 차이였다.

'들어가서 알아보면 될 일이겠지.'

전이라면 좀 더 면밀히 조사를 해 봤어야 했나 고민을 하겠지만, 변화를 이룬 운현이 그럴 일은 없었다.

단지 자신이 맞지 않냐는 표정을 지으며 잘됐지 않느냐는 흐뭇한 얼굴을 해 보였을 뿐이었다.

"후후. 됐지 않습니까?"

"……네 변화가 무식하게 변화한 건지, 효율적이게 변한 건지 모르겠구나."

그런 운현을 바라보며, 명학으로서는 알 수 없는 표정을 지을 뿐이었다.

'변화가 옳은 방향일는지……'

좀 더 효율적으로. 좀 더 빠르게. 주도적으로 움직이기 시작하는 운현의 방식의 변화가 과연 맞는가 하는 표정을 지었다.

그의 내심을 아는지 모르는지, 운현은 바로 안으로 몸을 날리려 했다.

"들어가죠."

"앞장서마. 동굴 안에서도 그 무식한 방법을 사용하다가는 무너질 수도 있으니."

그래도 괜히 동생인 운현이 혹여나 걱정이 된 건지 자신이 앞장을 서겠다 하는 명학이었다.

명학의 그런 마음을 알기에 운현으로서는 기꺼이 앞을 양보했다.

그리고 들어선 안에는.

"히이이이익!"

사람이 있었다.

*　*　*

"정선?"

이곳의 주인. 상인의 이름이다. 괴팍하여 홀로 움직인다고 알려져 있는 그 상인은 기관의 안에 몸을 숨기고 있었다.

예상 외의 것은.

'혼자가 아냐?'

홀로 움직이기를 즐긴다는 정선의 옆에 다른 자가 있었다는 것. 그리고 그자의 기운은.

"암화!"

운현에게 있어서는 이제 숙적이랄 수밖에 없는 암화의 기운이 느껴진다는 거였다.

음습한 핏빛의 기운이!

암굴의 딱 중간 정도에 머무르고 있는 그의 기운은 분명히 암화의 것이었다. 꿈에서도 잊을 수 없는!

"찾았다!"

운현이 발을 짓친다. 명학을 스쳐 지나가고, 정선을 두고 그가 쏘아진 곳은 당연히 암화의 기운이 느껴지는 자를 향해서였다.

쏘아짐과 동시에 기운을 발출하기 시작하는 운현.

"……이런!"

안은 작은 암굴이다. 이곳에 있는 자들 중에서 그 누구도 쉬이 나갈 수 없는 작은 암굴!

상대는 외통수에 걸렸다는 것을 느낀 듯 자신도 손을 들어 올렸다. 어쩔 수 없이 상대한다는 몸짓이었다.

하지만 급히 손을 들어 올린 것치고는 그 결과가 대단했다.

콰아아앙!

운현의 손과 그의 손에서 쏘아진 장력이 부딪쳐 나오는 폭음은 곧 굉음이 됐다.

그그그긍—

안에서 심상치 않은 소리가 난다. 암굴이 흔들리기 시작했다. 명학의 걱정대로 이곳 암굴은 생각보다 튼튼치 못했다.

"형님!"

"알았다!"

별다른 말을 하지 않았지만, 운현의 외침에 깃든 의미를 명학은 바로 알았다.

명학의 손이 빠르게 움직였다. 장력을 끌어 올린 건 아니었다. 대신에 무당에서 익혔음이 분명한 금나수법대로 빠르게 움직였을 뿐이었다.

"맡기마!"

"어어억!"

명학이 운현에게 외치며 펼친 금나수는 상인 정선을 향해서였다.

부지불식간에 당해서인지, 정선은 반항도 하지 못했다. 명학의 수법에 바로 당해 순식간에 제압되었다.

"으으읍! 으읍!"

아혈마저도! 몸을 움찔 떨고는 있으나, 정선의 의지대로 몸은 움직여 주지 못했다! 제대로 제압이 됐다는 의미!

"그럼!"

그대로 정선을 데리고서 들어왔던 곳에서 그대로 빠져나가기 시작하는 명학이었다.

그그긍—

동굴이 바로 무너져 내리기 시작했기에 그의 모습은 꽤나 아슬아슬하다고도 할 수 있었다.

쿵.

"크읏……."

자신의 바로 발아래 돌덩이가 떨어져 내리기도 했고, 머리를 노리고 떨어져 내리는 것도 있었다.

그 안에서 정선을 데리고 움직이는 건 위태롭기 그지없어 보였다. 짧은 길이나 이곳에 갇힐 수도 있음이었다.

허나 운현으로서는 당장 자신의 형을 신경 쓸 틈이 없었다.

그가 신경을 써야 할 자는 바로 눈앞에 있었다. 암화의 무인이었다!

그자는 운현이 잠시 명학과 말을 나눈 사이 틈이 보였다 여겼는지, 암굴의 반대편으로 몸을 날리고 있었다.

잘도 무너져 내려가는 돌덩이를 피하면서 움직이는 그 모습이란!

이곳에 처음 온 운현과 다르게 꽤나 익숙해 보이는 모습이었다. 몇 번이고 이곳에 온 게 분명했다.

그 뒤의 등을 잡아채기 위해서.

"어딜!"

운현이 움직였다.

*　　*　　*

'내 이 일만 끝나면…… 파인 곳은 모두 피한다.'

암굴이고 동굴이고 상관이 없다. 중요한 건 굴에 가기만 하면 뭔가 일이 일어난다는 게 문제다.

계속! 또 계속!

어디 발만 디디면 일어난다. 이번 일이 대체 몇 번째인 건지, 굴과 자신의 궁합이 맞지 않은 건가 하는 생각이 다 들 정도다.

'꼭이다!'

어떻게든 피해야겠다고 생각하면서 운현은 계속해서 안으로 발을 들이밀었다.

암화로 보이는 자와 거리는 짧지만 문제는,

"어디를!"

파앙!

상대가 끊임없이 장력을 날린다는 것. 지치지도 않는지 공력을 꽉꽉 담은 장력을 날려댄다.

경지는 낮아도 내공이 깡패라고, 내공을 들이부은 장력은 강력할 수밖에 없었다.

'역시나.'

암화의 무인답게 내공 하나는 걸출했다. 덕분에 따라가는 운현으로서는 죽을 노릇.

콰릉. 콰즉.

상대가 날려대는 장력을 피하면 천장이 무너져 내리고.

"……어설프게."

콰앙!

장력끼리 부딪치면 그 충격파로 또 천장에 금이 가기 시작한다.

그긍대면서 쭉쭉 줄이 가고 있는 것을 보고 있노라면 담력이 어지간히 높은 운현으로서도 간담이 서늘해질 지경이다.

방법은 하나밖에 없었다.

몸으로 막는 것? 아니! 그건 아무리 운현이라고 하더라도 무식한 짓이다. 그는 아직 금강불괴는 아니었다.

대신에 다른 방법이 있었다.

'정확하게!'

파슥.

상대가 날린 장력의 힘을 기감으로 오차 없이 읽어내고, 그 약점을 정확하게 자신이 날린 장력으로 찔러대는 것!

말이 쉽지 순식간에 적의 가공할 장력을 파훼한다는 것이다. 쏘아지는 화살을 같은 화살을 날려서 정확하게 맞춘다는 것과 다름없다.

묘기에 가까운 일. 아니 신기에 가까운 일이었다.

"후욱…… 후."

그런 걸 운현은 잘도 아래로는 경공을 펼치면서 위로 처리를 하고 있었다.

"미친!"

상대도 질린 표정을 지을 정도의 짓을 하면서 거리를 좁혀가는 운현이다.

*　　*　　*

결국 상대도 방법을 바꿨다. 운현이 아닌 다른 쪽을 노렸다.

바로 암굴의 천장!

그걸 직접적으로 노리기 시작했다.

아무리 운현이라고 하더라도 자신을 노리지 않고, 다른 곳을 노리고 오는 것을 파쇄하는 건 쉬운 일이 아니었다. 불가능에 가까웠다.

'미친…….'

방금 전까지만 하더라도 상대가 운현을 보면서 미쳤다는 듯 바라봤으나, 이번엔 반대가 됐다.

'죽을 각오를 한 거군.'

천장이 무너지기 시작한다. 쭉쭉 그어지던 금이 이제는

완전히 갈라지기 시작했다. 전체가 무너질 수 있는 상황이었다.

이대로 천장이 완전히 무너져 내리면 암화의 무사도 죽을지도 몰랐다. 앞서 있으니 운현보다는 확률이 낮아도, 그래봐야 오십 보 백 보 차이였다. 둘 모두 죽을 확률이 높았다.

그런데도 잘도.

"……죽엇!"

상대는 끊임없이 장력을 발출해댔다. 미친 듯이.

그러다 지치지도 않는 듯 속도를 더 높이기 시작했다. 더! 더! 더! 이대로는 안 된다는 듯이!

'발악이냐!'

말 그대로 그건 발악이었다.

전에는 없던 빛이 보이기 시작하고 있었다. 암굴의 끝이 보이고 있다. 암굴을 벗어나기 이전에 상대는 운현과의 급박한 추격전을 끝내고 싶은 거다.

암굴을 벗어나 평지로 가게 되면, 운현에게 잡힌다는 것을 알고 있는 것이다. 그러니 마지막 발악을 하는 거겠지!

'멍청하긴.'

하지만 운현은 바로 상대의 수를 읽었다.

상대가 미친 듯이 발악하며, 암굴을 부술 생각을 한다면! 그 생각을 역으로 이용하면 된다.

상대가 장력을 날리면서, 운현을 암굴에 함께 매몰시키려 애를 쓰기 시작하자, 운현은 상황을 비틀었다.

그건 어차피 암굴의 끝이 보이니 할 수 있는 일이었다.

"먼저 간다!"

"어어엇!"

운현은 더 이상 천장에서 떨어지는 돌덩이를 피하는 데 시간을 할애치 않기로 했다.

상대의 장력을 신경 쓰고, 상대의 수에 말려들지 않기로 정했다. 그렇기에 나온 행동이었다.

아예 발을 박차서 상대를 넘어 자기가 먼저 암굴을 나가는 것!

'어차피 출구는 하나!'

죽기 싫어하는 상대 아닌가.

그그그긍.

실금이 가다 못해서, 가뭄 난 논바닥처럼 쭉쭉 갈라지기 시작하고, 이내 무너지기 시작하는 암굴로 들어갈 생각은 상대에게 전혀 없어 보였다.

상대의 행동은 결국 정해져 있었다. 달려야 한다. 운현의 뒤를 따라서! 지금까지는 앞장섰다면 이제부터는 운현의 뒤다!

"……제기랄! 미친놈이!"

잠깐 사이에 오 년은 더 늙어 보이는 얼굴을 하고 있는 암화의 무인에게, 생긋 미소를 지어 주는 존재가 있었다.

"왔어?"

운현이었다.

먼저 경공을 펼쳐 도착한 운현이 바로 암굴의 출구를 점하고서는 상대를 바라보고 있었다.

"우리가 하릴없이 이야기 나눌 사이는 아니지. 하앗!"

"큿……."

말이 끝남과 동시에 바로 달려들기 시작하는 운현!

여느 정파 무사들처럼 지루한 말로 설교를 하는 요식 행위 따위는 단 일 점도 없었다. 오로지 상대의 멱을 노릴 뿐!

암굴에서 빠져나오자마자, 운현의 공격이라니! 안 그래도 운현을 떨구자고 미친 듯이 장력을 날린 상황인데!

맥이 빠진 상황에서, 더 맥이 빠지기 시작하는 암화 무사였다.

그 틈을 운현은 아주 절묘하게 찌르고 들어갔다. 장력을 상대할 때 그러했듯, 묘기와도 같이 상대의 틈을 찔러들어갔다.

확실하게!

퍼어어어어억!

깊은 울림. 지금까지 무사의 노력이 무색하게 아주 정확하게 명치를 퍽하고 치고 들어갔다.

"……컥!"

명치. 알 만하지 않은가. 맞으면 억하고 숨이 멎는다. 양민이든 무인이든 제대로 한 방 맞았으니 타격이 들어갈 수밖에 없다.

상대의 눈이 빨갛게 충혈된다. 고통에 몸을 벌벌 떤다.

"미안. 그게 끝이 아니라서."

"크…… 크아아아악!"

콰득.

이어지는 이 차 통증. 명치에 맞고 남은 충격이 이어져서 갈빗대가 부러진다. 아주 정확하게 두 조각씩 나버린다. 마치 운현이 노린 것처럼!

이어서 삼 차 통증.

'응용이지.'

내가중수법을 응용하여, 단번이 아닌 타격이 나눠 들어가게 조절한 운현이었다.

주먹을 날린 것은 한 번이었으나 타격은 이 차 삼 차, 사 차로 이어진단 소리다!

"컥. 커으으윽. 컥."

상대의 내부가 진탕이 된다. 하지만 죽을 정도는 아니다.

"조절했다."

고통스럽고, 처절하리만치 몸이 뒤틀리지만 결코 죽지는 않을 정도다. 아주 정확한 계산으로 상대에게 고통을 줬을 뿐이다.

운현으로서는 당연한 한 방을 준 거였다. 아니 싸게 준 거라고도 할 수 있었다.

상대는 자신을 암굴에 가둬 죽이려고 했는데, 명치 한 방 세게 때려준 것으로 갚았다고 하면 꽤 싸게 갚아준 것 아니겠는가?

물론, 암화 무사에게 있어서 문제는.

"자아, 가보자고."

투욱. 툭.

운현이 가볍게 날린 한 방이 문제가 아니라 앞으로가 문제. 운현이 깔끔하게 점혈을 하고 데려갈 곳이 애들 노는 놀이터는 아니지 않겠는가.

상대로서는 죽어서도 가기 싫을 동창 무사들이 진행하는 심문장이다.

'아, 안 돼…….'

빌려고 하지만 목소리조차도 나오지 않는다. 어느새 아혈까지 운현이 제압을 해뒀다.

"남자를 안는 건 취미가 아니다만…… 으차!"

말은 안는다고 하지만, 안기보다는 상대를 들쳐 메는 운현이었다. 한 방 세게 날린 것으로 화가 좀 풀렸는지 표정은 상큼해 보였다.

"가자!"

"으읍. 읍읍읍!"

상대에게는 지옥이 될 곳. 그에게 있어서는 잠시나마 편히 몸을 뉘일 곳인 성도를 향해 몸을 날리는 운현이었다.

'다 잘됐는데 뭔가 찜찜해…….'

너무 상쾌함을 즐겨서일까? 잊지 말고 챙겨야 할 것을 잊은 운현이었다.

*　　*　　*

운현이 잊은 것. 아니 잊은 자.

그는 운현을 잊지 않고서, 한참을 같은 자리를 맴돌면서 서성이고 있었다.

"대체 언제 오나……. 설마 어떻게 된 건 아니겠지."

걱정이 한가득. 다른 것들은 챙기지 못할 만큼 정신이 없어 보인다.

"크으…… 놔, 놔 주시오!"

"헛소리 그만하지."

"그럼 이거라도 어떻게……."

"헛소리 그만하라고 하지 않았나? 또 시도하려고? 두 번은 봐주지 않네만."

"……제길."

상인 정선의 흰소리라도 없었더라면, 오로지 걱정만이 이곳에 가득했을 정도다.

'들어가 봐야 하나. 생각보다 걸려. 일이 또 커진 것일지도. 동굴에서 나온 지 얼마나 되었다고.'

벌써 두 시진이 더 지나도 찾아오지를 않으니, 무너져 내린 암굴을 치워서라도 들어가야 하나 그도 아니면 사람을 불러와야 하나 싶을 때.

"형님!"

그 누구보다 반가울 수밖에 없는 목소리가 들려온다. 운현의 목소리였다.

"오오! 왔느냐!"

여인이 오랜만에 보는 낭군을 맞이하듯 반가운 표정을 짓는 명학이었다. 걱정은 씻은 듯이 사라진 듯하다. 그런데.

"너…… 행색이 꽤나 좋구나?"

"……하하하."

운현의 행색을 본 명학의 눈이 새초롬하니 떠진다.

분명 무너져내려 가는 암굴 안에서 추격전을 벌였던 운현이지 않은가. 명학이 마지막으로 본 장면이다.

그런데 운현의 행색은 깨끗해도 너무 깨끗했다. 목욕재계라도 거하게 한 듯 상쾌해 보이기까지 했다.

명학도 눈치가 없는 편일 뿐, 바보는 아니었다! 어느덧 그의 말투가 취조하는 말투로 변했다.

"암굴이 무너졌을 터인데?"

"……그것이."

"설마 이 형을 잊었더냐!?"

"그것이…… 어서 보고를 해야 하기도 하고, 정신없이 움직이다 보니."

"……허어."

멍한 표정으로 가만 운현을 바라보는 명학. 그의 눈동자에 복잡함이 서린다. 참으로 여러 가지 감정이 오고간다.

"……."

"……."

가만 이어지던 형제의 침묵. 결국 먼저 양보를 하는 쪽은 언제나 그러하듯 명학의 쪽이었다.

"……되었다. 문제가 없었으면 된 거겠지. 가자꾸나."

"옙!"

"다음에는 잊지 말고."

"……읏. 알겠습니다!"

잠시의 서운함을 뒤로하고서, 여느 형제들처럼 돌아가기 시작하는 형제였다.

다만 보통 이들과 차이가 있다면,

“이, 이 몸이 걷겠소!”

“또 어디를 도망가려고.”

사람 하나를 당당하게 들쳐 메고 움직이고 있다는 것. 어쩐지 한쪽의 표정에 서운함이 서려 있다는 점 정도였다.

第八章
작은 결과. 종착

'……어쩐지 오래갔다.'

형인 명학. 어려서부터 또래에 비해 성숙했던 명학이다. 그런 명학이 서운해하는 모습을 본 적은 없던 운현이다. 그만큼 그는 언제나 어른스러웠다.

그런 어른스러운 명학이 서운해할, 아니 삐쳐 버릴 줄이야.

생각지도 못한 지점에서 토라져 버린 명학은 왠지 모르게 오래갔다. 운현으로서는 생각지도 못했던 결과였다.

"흠흠…… 효과가 좋더구나."

"꽤 신경 써서 만든 겁니다. 형님께 드릴 것 아니겠습니까."

"고맙구나."

어려서부터 운현이 익혀 온 기술.

불리한 곳에서는 적당히 약으로 기름칠(?)을 하는 기술이 없었더라면 그 토라짐이 더 오래갔을지도 몰랐을 일이었다.

"휴우……."

연인의 토라짐이라면 차라리 애교로 볼 수 있을지도 모를 터나, 다 큰 형님의 토라짐은 거뭇한 사내의 애교와 다를 바가 없었다.

즉, 보기 싫은 짓이란 소리다.

그제서야 자신의 실책을 눈치를 챈 건지 명학이 겸연쩍은 표정을 짓고는 주제를 바꾼다.

"큼큼…… 그나저나 결과가 나왔다지?"

"예. 생각보다 일렀지요."

"그만큼 잔혹하기도 했지."

"어쩔 수 없는 일이지 않겠습니까. 특히…… 정선 그자는 충격이었지 않습니까."

"그랬지. 가자꾸나. 들어는 봐야 하겠으니."

오늘 결과가 나왔다는 소리를 들었다.

범죄자라 할 수 있는 자들을 거의 잡아 오니 진행도가 빨라졌다. 그만큼 명학의 말처럼 잔혹하기도 했을게다. 어떻게든 결과를 만들어내려 했을 테니까.

이자들이야 죄를 지은 바가 있으니 그렇다 쳐도,

'죄 없는 자를 그러면 큰일 날 일이지.'

동창 같은 나라의 녹을 먹는 이들이 없는 죄도 만들어내고, 자신들끼리 획책을 한다면 그 결과가 얼마나 안 좋을지 보여주는 일면이기도 했다.

어쨌거나 운현은 그 결과를 듣기 위해 움직였다.

* * *

"급히 들라 이르십니다."

"예."

황녀의 거처. 오늘만큼은 운현 홀로 들어서지 않았다. 일의 결과를 만들어내는 데 모두가 애썼기에 모두를 들라 말했다.

일이 마무리되어서 전보다 조금은 한가해 보이는 황녀의 거처는 그래도 사람이 제법 많았다.

동창의 무사들에 영철. 어느새 새로이 추가가 됐는지 좀 더 많아진 시비들. 여기에 더해서 어쩐 일인지 운현에게 적대심을 보이는 자도 있었다.

'의원인 듯한데.'

운현으로서는 의아할 수밖에 없었다.

적대심을 보이는 자는 복장으로 보아하니 의원. 그런 자가 자신에게 적대심이라니?

'흐음…… 조금 알 만하긴 한데.'

역병을 고치면서도 의원들의 적개심을 꽤 받아 본바, 저 자가 자신에게 적대심을 보이는 이유도 얼추 짐작은 갔다.

'쯧…… 헛된 짓.'

상대에게 보내는 눈빛 또한 곱게 갈 수는 없는 법이었다.

"……흐음."

덕분에 상대 의원의 적대심이 더 높아진 듯하지만 어찌하랴.

자신을 적으로 삼는 자를 애써 챙겨 같이 하기보다는, 두고 가기로 결심한 운현이다. 이미 그의 어깨에 짊어진 자들을 챙기기도 바쁜 상황이다. 새로운 자를 챙길 여유는 없다.

"다 왔구나."

한참 있으려니 황녀의 목소리가 들려온다. 치고 들어온 시간이 딱 적당했다.

모두의 집중이 황녀에게로 몰린다.

동창의 무사들은 항시 그녀의 옆을 지키면서도, 그녀의

말이 황공한지 읍을 한다. 시녀들도 마찬가지.

적개심을 보이던 의원조차도 어느새 고개를 숙이고 있을 뿐이었다.

모두가 비슷했다. 오로지 운현만이 그대로였다. 그 모습에 황녀는 살풋 무슨 의미인지 모를 웃음을 지어 보인다.

모두의 집중에 낯이 벌게질 법도 하나 그녀는 언제나와 같은 평온한 표정으로 그대로 이어나갈 뿐이었다.

"결과를 여기 영철이 말할 수도 있으나, 이번만은 직접 전하는 것이 맞다 보았느니라."

그렇게 시작이 된 황녀의 설명. 그 설명에 모두가 집중한다.

때로 낯빛이 납빛으로 변하기도 하고 또 때로는 얻게 된 공적에 자랑스러운 표정을 짓기도 한다.

그렇게 모두가 침묵하는 가운데 오로지 황녀의 목소리만이 모두에게 이어져 가며 결과가 전해진다.

* * *

보상을 철저히 해 주겠다고 약속했던 황녀다. 그녀는 자신의 약속을 지켰다.

'이거 재밌군.'

운현은 온갖 귀한 약초들과 함께 황녀가 어렵게 구했다는 것을 받았다.

편공서(扁功書).

단출한 이름. 의서였다. 정확히는 의술과 무공이 결합된 무공서에 가까웠다.

편작이 전국시대에 호신을 위해서 만들었다고 말해지는 이 무공서는 전에 없이 새로웠다. 또한.

'이런 방식을 그때도 생각했던 건가.'

운현이 여러모로 생각하며 응용해 왔던 것들이 제법 비슷한 방식으로 수록되어 있었다.

중원의 3대 명의는 과연 달랐달까.

죽은 자도 살린다는 말을 듣던 자.

자신은 단지 일어난 현상을 고칠 뿐. 병이 생기기도 전에 미리 치료한다는 형님들보다는 자신이 못하다 했으나 그 누구보다 뛰어났던 편작의 서는 생각 이상으로 많은 것들이 담겨 있었다.

이를테면 침술을 이용하여 일시적으로 공력을 상승시키는 방법이 시작.

'아직 연구가 다 안 된 건데.'

운현으로서도 비슷한 효과를 만들어 낼 수 있을 뿐 침술을 이용해서 상승을 시키는 방법에 관해선 아직 약했다.

그게 세세하게 담겨 있었다.

그것도 모자라 약을 제조하면서 몸을 강화하는 외공과 그에 더해서 영약 그 자체로서의 약의 공능까지, 전에 알던 것도 새로운 방식으로 쓰인 게 많았다.

'대단해.'

기초에서부터 시작하여 응용에 이르기까지 의술과 무공의 조화가 이뤄져야 가능할 것들이 쓰여 있었다.

'처음부터 얻었었더라면 좀 더 빠르게 성장했을지도…….'

정말 이미 편작이 쓴 경지에 이른 운현이 보기에도 대단한 서였다.

무공서 하나를 얻었다 해서 완전히 새로운 성장을 한다거나 극적인 성장은 불가능한 상황. 모든 걸 버리고 새로이 편공서를 익히기에도 늦은 상황이다. 그러나.

'얻을 게 많아.'

이를 연구하다 보면 얻을 것은 분명 많아 보였다. 당장에도.

"잘하면 실전에 써먹을 수 있겠어."

침술을 이용하여 순간적으로 내공을 강화시키는 방식은 응용이 가능해 보일 정도였다.

황녀에게 독의 저항력을 키워 주기 위해 사용했던 아직

이름 짓지 않은 대법. 본래부터 연구하던 방식. 여기에 기감을 이용하면.

'그럭저럭 흉내는 된다.'

편공서가 말하는 완전한 경지.

한두 시진에서 나아가 몸 그 자체를 완전히 강화시키는 방식은 어려우나 몇 시진이고 강화시키는 것은 분명 가능한 듯 보였다.

운현은 흉내라 말했지만, 몇 시진이고 자신의 공력을 증가시킬 수 있다는 것은 꽤나 대단한 성과. 생각지도 못한 걸 얻었다.

'많은 걸 얻었다.'

다행이라면 이번엔 운현만이 아니라 다른 일행들도 많은 것을 얻었다는 점.

"보상은 좋구나."

"큼. 아주 생각지도 못한 것들을 얻었습니다."

다들 만족을 하고 있었다.

황녀는 일행에게도 온갖 귀물들을 내려줬다. 여기에 약속한 이권들도 여럿. 그들로서는 충분히 보상이 된다고 할 수 있을 정도다.

보상은 좋았다. 보상은. 문제는 결과.

“그나저나 암화에 협력을 하는 자들도 있을 수 있다는 건 심각하구나.”

“이번이야 작은 암상 하나였다지만, 황궁에도 몇이 더 있을지도 모르지요.”

“흐음…….”

상인 정선. 그는 암화에 속한 자는 아니었다. 다만 암화에 협력을 하는 자였다. 그가 약속받은 온갖 귀물과 탐나는 암화의 무공. 그걸 미끼로 정선은 움직였단다.

그 약속된 미끼를 과연 받았을지, 아니면 모든 임무를 처리한 후에 받기로 했을지는 아직 모른다.

일이 잘 끝났다고 하더라도 살인멸구를 당했을지도 모를 일이다.

그러나 중요한 건 따로 있었다.

암화가 오롯 자신들의 손이 아니라 정선을 이용해서 독을 운반했고 그 독을 이용해서 황녀를 중독시키는 데 성공하기까지 했다는 게 중요했다.

완전히 암화에 속한 것은 아닌 협력자라는 존재가 생각지도 못한 허를 찌르고 들어왔다.

‘완전히 의외다.’

비밀주의인 암화가 어찌 이런 협력자를 뒀는지는 의외인 일이었다.

전에는 암화 하나만 신경 쓰면 됐지만 이제는 협력자도 생각해야 할 판이었다.

이러면 꽤 판이 달라지게 된다. 암화의 무공을 익히지 않은 자도 주의해야 할지도 모른다는 거니까.

다행인 점이 있다면, 그래도 암화의 성격상 그 협력자가 아주 많지만은 않을 거라는 점이랄까.

'……지난 일도 다시 생각해 봐야겠군.'

전에 있었던 사파의 일. 그 외 여러 일들 중에 다시 걸리는 것들이 꽤 됐다. 앞으로 갈 곳들 곳곳에 협력자가 있을지도 모를 일이다.

그러나 암울하지만은 않았다.

'이쪽도 준비해 놓은 것은 많다.'

해낼 만한 자신이 있었다.

지금 당장은 암울함에 갇혀 있을 때가 아니었다. 어찌 되든 나아가야 할 때였다.

"우선은 움직이지요. 움직여야 할 상황이지 않습니까."

"아아. 그래야겠구나."

*　　*　　*

실제로 그들은 움직였다.

황녀를 포함하여 동창의 무사에 이르기까지. 성도를 지키고 있던 황녀의 사람들이 전부가 출발을 했다.

오죽하면 이번 일로 잡아들인 자들도 따로 준비한 옥(獄)과 같은 마차에 갇혀서 함께할 정도였다.

그 행렬이 꽤 길어서, 성도에 있는 양민들 모두가 지켜볼 정도였다.

황녀와 동창의 무사가 있기에 크게 떠들지는 못하나, 소곤소곤 말하는 그들의 눈빛에는 호감이 서려 있었다.

역병을 고쳐 낸 운현에게는 호감이야 당연하다 싶을 정도지만 그 호감이 황녀에게도 향하는 건 꽤 의외의 일.

'대단한 사람이지.'

운현의 공을 그녀가 가져와서가 아니라, 그녀가 하남 성도에 있으면서 많은 것들을 해낸 덕분이다.

운현은 운현대로 분주히 움직이는 동안, 그녀는 자신이 독에 중독되어 있으면서도 그녀의 영역에서 바삐 움직였다.

그녀는 황녀라는 자신의 신분을 아주 제대로 사용했다.

단기간임에도 역병이 터졌음에 책임지지 않고 내뺐던 관리를 정리하는 것에서부터 시작하여 많은 것들을 재정비했다.

그게 단순히 시작. 하북성에서 챙겨왔던 물자를 이용해

서 급히 양민들을 구휼하는 데 사용했을 정도다.

어딘가에 있는 어떤 공주와는 다르게 그녀는 자신의 할 일을 확실히 해 줬다.

덕분인지 양민들, 모두의 눈에 호감이 어려 있을 수밖에 없었다.

그 눈빛을 받고 있으니,

"생각지도 못하게 화려하구나."

"그래도 속도 없이 좋구려."

명학이나 당기재를 포함한 일행 모두 뿌듯함을 느낄 정도였다. 남아 있던 피로가 싹 가시는 느낌이랄까.

"그나저나 꽤 빠른 출발입니다. 이 정도 행렬을 준비하려면 꽤 시간이 걸렸을 터인데……."

"미리 준비를 한 거겠지. 대단한 일이다."

지금은 무당에 적을 뒀으나 본디 표국의 아들인 명학은 이 긴 행렬을 준비하는 수고를 알고 있는바.

꽤 새삼스러운 눈으로 황녀가 타고 있을 화려한 마차를 슬쩍 바라보고 있었다.

행렬 하나를 보면서도, 아랫사람들을 시켜 지금의 출발을 준비했을 그녀의 능력을 가늠하는 듯했다.

"출발 신호로군요. 가지요."

"그래. 이제 다음이구나."

황녀의 대단함보다도 중요한 사실은 드디어 하남성에서의 문제를 일단락 지었다는 것.

'남아 있는 것들이 아직 있긴 하지.'

허나 그 남아 있는 것들조차도 운현의 계속되는 행보라면 끝을 낼 수 있을 터.

'슬슬 보인다. 마지막이…….'

일행은 모르고 있으나, 운현은 다른 이들보다도 더 바삐 움직였다.

소림 방장과의 독대는 이미 지난 일. 지난밤에는 바삐 오늘의 출발을 준비하던 일행과 따로 황녀와 독대를 했다.

"……꽤 어려운 일이구나."

"그래도 해야 하는 일이지요."

"흐음…… 본녀로서도 가능은 할지. 그래도 할 수밖에 없겠지."

황녀로서도 난색을 표할 만한 그림을 그렸다. 황녀라는 자리를 그 누구보다 잘 활용할 줄 아는 그녀로서도 꽤 지난한 일이 될 그림을 그렸다.

모두 운현이 그려낸 일.

'다 처리하려면 그 정도는 해내야 해.'

방장과 황녀. 그 둘을 통해서 큰 그림의 밑그림을 그려가는 데 성공한 운현이었다.

그렇기에 해낼 자신이 있었다. 다가올 마지막을 그려갈 준비가 되어 갔다. 그래설까.

“좋군요.”

황녀의 행렬을 따라 움직이는 운현의 표정은 그 어느 때보다 시원해 보였다.

第九章
도착하다

황녀가 이끄는 행렬도 화려했으나, 그들을 맞이하는 자들도 화려했다.

"뫼시겠사옵니다!"

하남에서 하북, 북경으로 가는 길일 뿐이지만 그 사이에 거치는 곳은 황녀를 극진히 모시지 못해 안달이었다.

본래부터 양민들로부터 인기가 많은 데다가, 운현까지 함께 있으니.

"오오! 이분이!"

때로 과장을 좋아하는 중원인들답게 황녀를 모시는 것은 물론이고 운현까지 모시는 것이 생의 영광이니 하며 애를 쓰는 자들도 꽤 있을 정도였다.

"이것은 본디 하북에서 나는 귀한……."

온갖 귀한 귀물은 물론이고, 또 때로는.

"이 아이가 이제는 슬슬……."

"여미라고 하옵니다."

운현에게 혼인을 빌미로 노골적으로 다가오는 자들도 수두룩할 정도였다.

매일 사건사고만 터졌던 운현으로서는 이런 일에는 경험이 별로 없는바.

"그런 건 되었으니 신경 쓰지 말게."

자연스러운 하대와 함께 쉬이 거절을 하는 황녀와는 다르게,

"……괜찮습니다."

거절에 꽤 애를 먹었던 운현이었다.

특히나 여미라는 처자는 현 시대에 맞지 않게 꽤나 저돌적(?)으로 덤벼들어 왔는지라 당황을 했을 정도.

'당돌하다 해야 하나.'

주도적으로 산다고 해서, 여색을 탐하는 건 아닌지라 중간에 남궁미가 들어오지 않았더라면 운현도 꽤 고생을 했을 게다.

가는 곳마다 모심을 받고, 온갖 추파를 받으니.

"차라리 산길을 다닐 때가 편한 듯하군요."

"……살수는 없긴 한데. 살수보다 무섭구나. 이건 살수(殺手)를 펼칠 수도 없으니."

일행들로서는 부담이 꽤나 클 지경이었다.

"그래도 우리가 꽤 명성이 오르긴 했나 봅니다."

"……한창 달아오를 때기는 하지요. 휴우."

전에는 겪지 못했던 자신들의 명성을 이상한 곳에서 다 실감을 할 지경이었다.

"……한참 고되구려."

당기재의 말에 모두가 공감을 하며, 지금까지와는 전혀 다른 고된 길을 통해서 북으로 올라가는 일행이었다.

* * *

하북에서는 아무런 일이 없었다. 단지 간간이 전해지는 소식을 들어가며 옮겨 갈 뿐이었다.

"흐음……."

"어떻다고 합니까?"

"잘해 나가고 있는 듯합니다. 자리도 준비가 된 듯하고…… 다만 암화가 또 깊숙이 숨어 일부 놓쳤다는군요."

"그들이야 한 번에 일망타진할 수 있을 거라 생각은 안 했습니다. 그래도 언제고 드러나겠지요. 지금도 많이 드러나지 않았습니까."

"예전을 생각하면…… 그도 그렇긴 합니다."

"희망이 없는 건 아니니 되었습니다. 우리는 당장 여기 일부터 해결해야겠지요."

"좋습니다."

소림이 제법 잘 해나가고는 있으나, 완전히 저들을 소탕하는 데는 무리였다.

다만 적어도 하남에서는 암화를 궤멸시키다시피 했다는 것. 운현의 의방이 위치했던 호북성의 무당과 소림이 같이 움직이기 시작했다는 게 중요했다.

'협력자가 있으니 꽤 좋군.'

이 점은 운현으로서도 꽤 다행이라고 여긴 점이었다.

당장 무당이 여러 이유를 빌미로 몸을 움츠리고 있었는데, 그걸 소림이 해결해 준 셈이 아닌가.

아무리 운현이라도 무당을 움직이게 하는 건 힘든 일인데, 소림 덕에 그게 해결됐으니 기쁠 수밖에 없었다.

소림은 운현에게 있어서 분명 제법 좋은 협력자가 되어주고 있었다.

'이제 이쪽이 잘하면 되겠군. 잘 맞춰지고 있어.'

소림이 움직이는 만큼 이제 운현도 일을 마무리해 주면 여러 개 판 암화의 굴을 꽤 부술 수 있을 거다 싶을 정도.

잘해 봐야겠다 생각하며 다짐을 하고 있을 즈음. 당기재가 물어온다.

"그나저나 의방 사람들은 어찌 되었습니까? 전서구는 여럿 날리신 걸 보기는 했습니다만은……."

"그들은 또 따로 일을 맡겨 놓았습니다."

"일이요?"

"예. 후후. 나중에 보면 꽤 재밌는 결과가 나올 겁니다."

*　　*　　*

운현의 품을 생각보다 오래 떠나 있게 된 의방의 이들.

운현의 수족이 되었다 할 수 있는 의방 사람들은 운현의 지시에 따라 곧바로 움직이고 있었다.

"가지요."

"오랜만에 가는군요. 고향 가는 느낌입니다그려."

"흐흐. 그리 느껴지기는 합니다."

의원들 중 다수. 무인들을 최소로 하여 의방으로 돌아가기 시작했다.

이들은 현재로서는 거의 비어 있다고 할 수 있는 의방에서 해야 할 것이 있었다.

"해낼 수 있을지는 모르겠습니다."

"그래도 신의님이 보내 주신 게 있지 않습니까. 상상도 못 한 방법들 천지입니다."

"흐음…… 평생 숙업이 될지도 모를 일이지요."

"허허. 그도 그렇습니다."

나이가 희끗한 자들. 바깥에서 움직이기에는 힘들지만, 적어도 안에서는 최고의 힘을 낼 그들은 의방에서 바삐 움직여야 했다.

운현이 미리 준비한 일을 하기 위해서는.

"잠도 못 잘지도 모르겠습니다."

"……그럴지도요."

밤낮으로 고되게 움직여야 할 판이었다.

남은 자들. 대다수는 의방의 무인이었다. 의원들은 상대적으로 소수였다.

"오오. 여기서 보는구려."

"반가우이!"

역병 치료를 위해서 각자 떨어졌던 이들이 속속들이 한곳으로 모이고 있었다.

그렇게 해서 그들이 도착한 곳은 야트막한 산에 자연스레 녹아 있는 장원이었다. 그 크기가 산에 놓인 것치고는 꽤 넓은 공간이었다.

다만 장원임에도 고풍스럽기보다는 지극히 실용적으로 보이는 곳이기도 했다.

"여기로군요."

"흐음…… 꽤 그럴듯한 공간이기는 합니다."

운현이 소림의 힘을 더해서 얻은 장소였다.

"기다리고 있었습니다."

"흐음…… 생각 이상이로고."

그곳에는 소림의 무승들로 보이는 자와 속가 제자로 보이는 자들도 대기하고 있었다.

계인을 박아 넣은 그들의 기세는 보통 이상. 무적자와 같이 실전을 쉼 없이 겪은 기세에 모두가 압도될 정도였다.

운현만큼은 아니더라도 무림에서 꽤 행세를 하고도 남을 수준.

"자네들은 우리와 함께 가지."

"바로입니까?"

"그렇네. 바로. 시간이 없으이. 참 재미있는 걸 시킨단 말이지."

"신의님의 작품이로군요. 가지요."

그런 자들이 운현의 부탁을 들어 움직이기 시작했다.

기세를 줄기줄기 흩뿌리면서도, 다분히 흥미롭다는 표정은 왠지 모를 덤이었다.

"재밌는 시간이 될 게야."

"으음……."

어쩐지 의방 무사들이 고생할 것 같은 예감도 덤이고.

그러고도 장원에 남은 자들은 의원들과 속가 출신의 제자로 보이는 자들뿐.

"따로 준비된 곳으로 뫼시지요. 부족할 수도 있습니다만 성심은 다했습니다."

"허허. 설마 부족하겠습니까. 가지요."

남은 의원들은 안내를 받아 들어갔다.

"화아……."

그곳에는 의원들을 위한 것들이 다량 준비되어 있었다. 그리고 그것들을 이용해서.

"전부 만들어 내야 합니다."

"……죽을 듯이 노력해야겠습니다."

맡은 바 임무를 실행해야 했다.

그러고도 남은 아주 소수의 의방 인원들은.

"가지. 모으려면 꽤 시간이 걸릴 듯하니."

"될지 모르겠습니다."

"그래도 해 봐야겠지!"

운현의 아주 은밀한 지시로 또 따로 움직이기 시작했다.

*　　*　　*

수족들이 흩어지고, 모이며 운현이 뜻한 바대로 움직이고 있었다.

같은 시간대. 길고 긴 행렬을 자랑하던 황녀의 행렬은 목적지에 다다르고 있었다.

"달리 할 말이 없을 정도로군요."

"……와."

황성이었다.

황궁은 운현의 전생에 있던 것처럼 압도적으로 높이 만들어져 있지는 않았다. 대신에 웅장했다. 지키고 있는 무사들과 어우러지며 그 분위기가 달랐다.

'대단하긴 하군.'

중원을 다스리는 곳이어서인지, 그 어떤 때보다도 더 압도적이라 할 수 있는 곳이었다.

그 어떤 곳을 묘사하더라도, 그 어떤 곳을 비교하더라도 당장 중원에서 이곳만 한 곳은 없다 단언할 수 있을 것이다.

그렇기에 자신들도 모르게 감탄을 할 지경.

보통 사람이라면 바라보기도 힘들 곳에 들어서기를 한참. 끝없이 이어지는 황궁의 행렬이 거의 끝나갈 때쯤. 운현에게 다가오는 자들이 일부 있었다.

"전하께서 따로 뫼시라 하였습니다."

"어디로 가게 되는 겁니까?"

"별궁 중 하나입니다. 꽤 그럴듯한 곳이 될 겁니다."

"바로 가지요."

* * *

그렇게 안내를 받아 들어온 곳은 또 다른 별세계였다.

"별궁이 이 정도라니…… 이거 우리 가문의 가주실보다도 더합니다그려. 하."

들어설 때의 모습이 웅장함이라면 이 안은 그 어느 곳보다 화려했다. 황궁에 들어서는 손님을 위한 곳이라지만 화려함에 절로 주눅이 들 만할 정도였다.

다만 그들은 여기서 주눅이 들 상황도 시간도 없었다. 운현은 적당히 눈짓을 하며 모두 모이라는 신호를 보냈다.

"큼큼……."

그때까지 한참 자신들 나름의 심미안으로 별궁 내부를 살피던 일행 모두가 운현을 중심으로 모여들기 시작했다.

단 하나도 빠짐없이 모두가 운현을 주시한다.

"움직일 방향은 기억하고 있지요?"

"물론입니다."

운현은 의원들을 살필 예정이다.

다름 아닌 황의들. 한둘이 아닌 그들은 그 수는 꽤 많더라도 모두 중원에서 이름이 난 자들이다.

그들을 살피는 건 생각보다 어려운 일이 될 수도 있었다. 그걸 해내야 했다.

남은 일행들은.

"물론 잘 기억하고 있습니다."

"꽤 어려운 일이 될 겁니다. 바깥보다는 자유로울 수가 없는 곳이니까요."

"황궁이니 당연합니다. 그래도 해야 하는 거 아니겠습니까?"

당기재가 제법 자신감이 찬 눈빛으로 말한다.

신의로부터 기감에 대한 깨달음을 얻어, 현재 그의 무공은 진일보 하고 있는 중인 상태. 과한 자신감은 아니었다.

"모두 잘할 거다. 알지 않느냐?"

"그렇지요."

가장 침착한 명학도 자신이 꽤 있어 보였다. 그도 근래 뭔가 얻은 것은 분명해 보였다.

다만.

"으음……."

남궁미의 경우에는 무언가 고민이 있는 듯 꽤 침음성을 삼키는 중.

'답보 상태인 건가.'

운현이 느끼기에 현재 그녀의 상태는 다른 일행과는 다르게 답보 상태에 있는 터.

제갈소화마저도 점차 성장하는 가운데 그녀만이 답보의 상태에 있었다. 무공광이랄 수 있는 그녀로서는 당장 답답함이 느껴질 법도 했다.

'따로 신경 써줘야겠군.'

일행의 상태를 신경 쓰는 것도 운현이 할 일인 터.

운현은 자신이 할 일에 새로운 것을 추가하면서,

"그럼 모두 맡기겠습니다. 황녀님과도 이야기가 되어 있으니 아주 어렵지만은 않을 겁니다. 어려움이 있다면……."

"일단은 알아서 해결해 보지요. 그래도 안 된다면야 신의님이 좀 도와주시면 되지 않겠습니까?"

"후후. 좋습니다."

꽤 길어질 수 있는 이야기를 금방 마무리했다.

운현은 의방으로, 다른 이들은 각자 자신들의 영역으로 움직여야 할 테다.

그 전까지는.

“그럼 오늘만큼은 쉬어 보지요.”

반나절의 작은 휴식이었다.

* * *

다음 날 아침.

“그럼 가 보지요. 먼저 움직여 보겠습니다. 이야기가 된 곳이 있으니.”

“나도 함께 다녀오마.”

가장 먼저 출발한 것은 당기재와 명학이었다. 어려운 일을 위해 움직이는 것일 터인데도 다들 자신만만해 보였다.

“……약속 꼭 지켜 줄 거죠?”

“물론입니다!”

“후후.”

다소 안색이 좋지 못하던 남궁미도 운현의 확답을 듣고서는 분주히 움직이는 터. 어제와는 달리 자신감이 넘쳐 보였다.

그렇게 그녀도 움직이니 남는 것은 제갈소화 하나.

가장 지루하다 할 수 있는 일을 하게 되었음에도 그녀는 되레 눈이 빛나고 있었다.

"좋으신 겁니까?"

"물론이죠. 무려 황궁이라구요. 이만한 곳이 중원에 또 어디 있겠어요? 아 물론…… 조사는 열심히 할 거지만요."

"후후. 알고 있습니다. 소화 소저라면 잘하시겠지요. 그럼 잘 부탁드립니다."

그녀가 가야 할 곳은 다른 이들과 다른 곳인 터. 다른 이들에게는 지루하기만 한 곳이 그녀에게는 제법 마음에 드는 곳인 듯했다.

제갈세가에서 말괄량이로 소문이 났던 제갈소화임에도 '그곳'을 좋아하는 것을 보면 과연 제갈가의 사람다웠다.

"그럼 다녀올게요!"

보통이라면 운현을 보내고서야 움직일 그녀가 오늘만큼은 먼저 서둘러서 움직였을 정도다.

그렇게 모두가 가고.

"그럼 나도 슬슬 가 볼까나."

운현이 가장 마지막으로 움직였다.

*　　*　　*

"이곳입니다. 늦어도 술시(19~21시)까지는 다시 오도록 하겠습니다."

"해시에 오셔도 됩니다."

"그때쯤이면 이곳이 닫힐지도 모릅니다."

"그렇다면야…… 우선은 술시로 부탁드립니다."

안내를 받아서 운현이 도착한 곳.

"여기군."

의왕전(醫王殿).

감히 왕이라는 이름을 붙여주었으나, 그 이름을 친히 붙여준 자가 당대의 황제이기에 그 누구도 아니라 말할 곳은 없는 곳이었다.

화려하지는 않지만, 곳곳에서 풍겨 나오는 약재의 향은 굳이 이름을 보지 않아도 이곳이 어떤 곳인지 알 만했다.

곳곳에서 시비로 보이는 자들이 오고가고, 의원의 행색을 한 자들도 의외로 다수였다.

여인들 중에서도 특수한 역할을 맡는 의녀들도 간간이 보일 정도였다.

'역시 크군.'

과연 의왕전이라고 이름 붙일 만큼 큰 규모.

이곳에 있을 자들이 다들 지역에서는 명의라고 불릴 만한 자들인 것을 감안하면 꽤 대단하다 할 수 있는 모습이었다.

아는 만큼 보인다고, 의원인 운현으로서 꽤 감탄을 불러일으킬 정도였다.

그렇게 한참 의왕전을 보고 있으려니,

"오셨군요. 뫼시겠습니다."

황녀가 붙여 주었을 의생 하나가 다가와 운현을 맞이한다.

*　　*　　*

"겉으로 알려진 것과 안은 좀 다릅니다. 이를테면 관례랄까요."

"신기하군요."

"열려 있으면서도 닫혀 있는 것이 의원들 아닙니까. 그럴 수밖에 없기는 하지요."

"흐음……."

의생. 황녀에게 줄을 댄 그는 운현에게 잘 보이려 꽤 애썼다. 여러 가지 정보를 알아서 더해 줬을 정도였다.

의왕전에 속한 자들은 모두가 의원 혹은 의원이 될 자들이었다. 의녀들도 의원으로서의 역할을 할 줄 알았다.

의생이야 아직 정식 의원이 되지 못했더라도 의원들의 제자쯤 되는 것이라 생각하면 의술이 어느 정도 수준이 될 것은 당연한 이야기였다.

이런 의왕전의 자들은 품계로는 5품, 8품, 9품으로 나뉘어 있다고 했다.

"하지만 이런 품계는 별달리 중요하지 않습니다. 실력 위주기도 하고…… 안에서 무슨 역할을 맡았느냐도 중요하지요."

"실용적이라는 거군요."

"하하. 그렇게 들릴 수도 있겠군요. 의원들도 여러 계파가 있고 방식이 다르잖습니까. 그러다 보니 생긴 거겠지요."

의생. 은근슬쩍 이름을 왕아주라 밝힌 그는 이야기꾼으로서 재주가 꽤 됐다.

"폐하를 포함하여 황족들을 맡을 수 있는 자들은 보통 황의라고 부릅니다."

"……황의라."

외우기 위해서 되뇌는 동안에도 설명은 계속 이어졌다.

의왕전에는 크게 세 개의 각이 있다고 한다. 통의각, 약주각, 장서각.

"가장 중요한 게 이 셋입니다. 나머지는 있다 하더라도 규모가 작거나 딱히 쳐주지 않는 곳도 있으니 말입니다."

통의각은 침술을 중심으로, 약주각은 노골적으로 드러난 이름과 같이 약을 중심으로.

장서각은 그 중간쯤 되는 방식으로 치료를 하는 의원들이 있다고 한다.

"일단은 이런 식으로 돌아가기는 합니다만…… 어디까지나 일단은입니다. 실제로는 둘로 나뉘어 있습니다."

"둘이요?"

"예. 좋게 말하면 입신양명을 위한 노력. 좀 노골적으로 표현하자면 권력을 추구할 것이냐, 아니면 순수하게 의원으로서의 본질을 추구할 것이냐의 차이랄까요."

"노골적인 표현이로군요."

"하하. 대신에 이해하기는 편하지 않습니까?"

"그도 그렇긴 하군요."

침이냐, 약이냐 하는 그런 논제들은 어차피 의원들에게 있어서 평생을 가도 풀 수 없는 것이었다.

대신에 무언가를 추구하느냐는 충분히 결정할 수 있는 문제였다.

'권력과 순수라……'

의원들 일부는 의원으로서의 실력을 이용하여 권력을 추구한다고 한다.

"예로부터 불로장생은 모두의 꿈 아닙니까. 불로장생까지는 아니더라도 그 비슷하게만 할 수 있다면야 뭐든 할 자들은 수두룩하지요."

"이해합니다."

"그렇다고 불로장생을 위한 노력은 또 싫으니…… 찾는 게 우리 의원이지 않겠습니까."

왕아주는 꽤나 신랄했다.

권력을 추구하는 쪽은 자신들의 실력을 사리사욕에 이용한다 말하는 부분에서는 깊게 인상을 찡그릴 정도였다.

그쪽을 마음에 들어 하지 않는 게 분명하다.

'순수하게 의술을 연구하고 싶은 건가…… 그런 거치곤 황녀에게 줄을 댄 것도 재밌는데.'

그러면서도 정작 자신은 황녀에 인연이 닿아 있으니 재밌을 수밖에 없는 자이기도 했다.

그런 운현의 생각을 읽은 걸까.

"아아. 그런 눈빛은 보내지 마십쇼. 저는 조용히 살려고 황녀 전하께 적을 둔 거니. 그분은 능력 위주시지 않습니까. 순수하게 의술을 연마하기에 좋지요."

"그렇군요."

"저도 나름대로 살아야 하니까요. 어쨌거나 이어서 이야기하자면……."

작은 변명을 해 온다. 그리곤 본분에 맞게 쭉 이어지는 설명.

나머지 한쪽은 순수하게 의술을 연구하는 자들이라고 한다. 의술 그 자체에 목숨을 걸고 애쓰는 자들이라든가.

침술이든 의술이든 깊이 이해하는 데 평생을 바친 자들이라, 순수하게 그 실력으로 황궁의 의원이 된 자들이란다.

꽤나 편향적인 설명이기는 하지만,

'실력이 보통은 넘겠지.'

황궁의 의원들이 실력이 낮지는 않을 터이니, 완전히 틀린 말도 아닐 게다.

타협도 없이 실력으로 온 자들이 실력이 낮은 것도 이상한 일이기도 했다.

"뭐 그만큼…… 성격이 꽤나 괴팍한 분들도 계시지만은 본질은 순수합니다. 본질은 말이죠. 성질머리만 버리면 최고신 분들도 많습니다."

그중 제일은 정 의원이라 불리는 정효추라는 의원. 그자는 의술로 이름이 드높다고 한다. 이자가 통의각의 각주라고 했다. 품계는 5품이었다.

권력으로 의원으로서의 정점을 찍어가려는 자는 화섭주. 이자 또한 5품이고, 약주각의 각주를 맡고 있다 한다.

'재밌군…….'

운현으로서는 꽤나 많은 정보를 들었다. 시시콜콜하니 알려준 것들을 더하면 이 이상으로 많은 정보를 더 들었을 정도.

생각 이상으로 왕아주가 수다스러운 덕분이었다.

"자아, 여기까지가 일단은 모든 안내의 끝이로군요."

그의 설명이 끝나는 순간. 규모가 꽤 되는 의왕전의 안내도 같이 끝이 났다.

자신의 할 일을 다해설까. 그도 아니면 끊임없이 수다를 떨어서?

"큼큼……."

목이 타는 듯 한참 목을 가다듬던 왕아주는 은근한 표정으로 운현을 바라봤다.

"바깥에서는 신의님이라고 불리셨겠지만, 이 안에서는 그런 말을 곧잘 들은 분들이 많습니다. 그러니 활동을 위해서는 고르셔야 할 겁니다."

"흐음……."

고른다라.

'줄이라는 건가.'

어쩐지 왕아주에게는 약간의 오해가 있는 듯하다.

그가 이곳의 온 것은 두 가지의 이유. 첫째는 당연히 황후의 치료. 둘째는.

'찾는 거지.'

암약하고 있을 암화의 꼬리를 잡을 수 있다면 잡기 위함이었다. 헌데 왕아주는 그가 황의로서 활동할 거라 생각하는 듯했다.

'그럴 만도 하군.'

황의가 의원으로서 명예로운 일이란 걸 생각하면 충분히 할 법한 오해였다.

어느 쪽에 선을 대든 간에 상관이 없었다. 모든 것이 왕아주의 오해. 그가 은근히 물어왔다.

"역시 통의각으로 가실 거지요? 소문으로는 약주각이 전문이시긴 하겠으나…… 계통이 다르니. 흐음……."

운현이 마음에 들었던 듯 이왕이면 자신과 같은 계열로 갔으면 하는 듯해 보였다. 그렇지 않았더라면 저런 제안은 하지 않았을 거다.

허나 운현의 선택은.

"죄송하지만 통의각은 힘들 듯합니다."

"아…… 설마 그럼 약주각인 겁니까?"

순간 실망스럽다는 표정을 짓는 왕아주였다.

'순진하군.'

순간적으로 표정이 변화하는 왕아주의 모습을 보고 있노라면 꽤 재미있을 정도였다. 이렇게도 속내를 숨기지 못하는 걸 보면 확실히 권력을 추구하기에는 힘들어 보였다.

"그것도 아닙니다."

"그렇다면 대체……."

"남은 건 하나지 않습니까?"

분명 하나 남아 있었다.

"장서각."

"맞습니다."

왕아주는 바로 눈치챘다. 그걸 운현은 선택했다.

'큰 곳이 둘이라고 하는데 큰 각은 세 개란 말이지.'

왕아주가 운현에게 말하지 않는 것이 있는 것이 분명하다. 운현의 예상대로라면 그들이 이번 일의 열쇠다.

'두문불출하고 있겠지. 현 상황에서 경거망동하는 것도 우스우니.'

운현의 선택이 의외의 곳이어설까. 왕아주가 변명하듯 말했다.

"그곳의 분들은…… 다들 원로시기도 하시고. 딱히 세상 일에는 관심이……."

꽤나 달변이었던 그의 말치고는 꽤 어설퍼 보였다.

운현은 그럼에도 다시 확실히 답했다.

"그래도 갈 것입니다. 세상사, 권력, 의술의 집중. 이런 계파는 다 상관없습니다. 중요한 건 치료니까요."

"으음……."

한참의 침묵. 그러다가.

"그러시다면야 어쩔 수 없지요. 장서각에 안내하도록 하겠습니다. 다만 가서는 제가 도와드릴 수 있는 게 많지 않을 수도 있습니다."

"괜찮습니다. 여기까지도 충분히 도움이 되었습니다."

"그렇다면야……."

第十章
장서각

"여깁니다. 그럼 저는 이만……."

읍을 해 보이고서 움직이는 왕아주의 모습은 어딘가 홀가분해 보였다.

그렇게 안내된 장서각은 다른 각과 같이 약초의 향에 다른 향도 배 있었다. 책의 향이었다. 온갖 의서들이 모여 있다는 곳다웠다.

'가자.'

그 안으로 발을 디뎠다.

"……."

안은 고요했다. 책을 관리하는 자들로 보이는 의생들 몇.

그 안에서 책을 옆에 쌓아두고서 쉼 없이 읽는 의원들 여럿.

하나의 책에 평생을 바치기로 맘먹은 듯 손때가 잔뜩 탄 의서를 탐닉하는 의원이 또 소수.

열심히 무언가를 필사하고 있음에도 왠지 시선이 가는 의원 하나가 있을 뿐이었다.

하나의 각이라고 하지만 그 수가 다른 곳에 비하면 확실히 적어 보였다.

재밌게도 의생들로 보이는 몇을 제외하고는 운현에게 시선을 주는 자는 의원 중에서는 단 하나도 없었다.

의생들마저도 침묵을 유지하고 있는지라, 안은 조용하기만 했다.

"……."

운현도 그 침묵에 따랐다. 무슨 생각이 있는 듯 홀로 움직였다.

'이게 좋겠군.'

그러다 책 하나를 골라 집었다. 편작의서. 편공서를 썼다 알려진 자와 같은 이름이 쓰여 있는 의서를 골랐을 뿐이다.

정말 편작이 썼을지, 아니면 그 제자 되는 자가 썼을지는 상관이 없었다.

'살펴보면 될 일.'

그저 책을 고른 이후에는 가만 비어 있는 자리 하나를 가서 차지했을 뿐이었다.

그리곤 자리를 잡은 그대로 신시(15~17시)가 지나서 술시(19~21시)가 될 때까지도 책에만 파묻혀 있는 운현이었다.

"……의원님 가지, 않으십니까?"

"여기는 불이 밝구려. 오늘은 여기서 보내겠소이다."

"으음…… 그리하신다면…… 알겠습니다."

해시(21~23시)에 이르렀을 때에는 처음 그를 안내했던 자가 다시 찾아왔으나 조용히 보내버린 운현이었다.

그리곤 계속해서 탐닉. 또 탐닉을 해 나갈 뿐이었다.

자신을 알리기 위한 어떤 소개도, 이 안에 있는 다른 자들에게 시선을 주는 일도 없었다.

되레 그런 운현을 슬쩍 바라보는 시선들이 몇몇 있을 뿐이었다.

* * *

운현의 기행은 계속해서 이어져 갔다.

하루, 이틀이야 그럴 수 있다 하겠지만 그 이상으로 계속되는 그의 행동은 확실히 이상해 보였다.

"어떠한가?"

"우선은 몸부터 만드셔야 할 것 같습니다. 또한 장담은 힘드오나 비슷한 듯합니다."

"나와 말인가?"

"워낙 장기간이라 확실히 파악하기는 힘들긴 합니다만은…… 십 중 칠 할 정도는 그럴 듯합니다."

"흐음……."

치료를 위해서라는 명목으로 황후를 치료키 위해 나서고, 황녀와 함께 일을 상의할 때만 잠시 장서각을 나섰을 따름이다.

'역시 비슷해…….'

운현이 본 황후는 자연적인 병에 걸린 상태가 아니었다. 황녀와 같은 방식으로 독에 중독된 것이 분명했다.

그에 관한 치료는 이미 황녀를 통해서 기본을 잡은바.

시간이 걸린다고 하더라도 어떻게든 해낼 자신이 있었다. 다만 걸리는 바가 두 가지 있었다.

'대체 다른 의원들은 뭘 했단 말인가.'

운현의 기감이 특별하다고 하지만 이곳에 있는 의원들 모두 평범한 이들은 아니다.

그런데 여태까지 독에 관한 걸 알아채지 못했다? 운현이 시간을 들이면 된다지만 아무도 치료를 하지 못했다?

뭔가 이상하지 않은가. 이 부분이 가장 먼저 걸리는 바였다. 다른 하나는.

'암화가 나섰거나…… 암화의 협력자가 나서서 중독을 시켰다고 치고.'

황후가 홀로 독을 삼키지는 않았을 거 아니겠는가. 그런데 독에 중독되어 있다면 누군가 독을 중독시킨 게 분명하다. 일을 꾸민 거다.

'대체 무슨 이득이 있어서?'

이해할 수 없는 건 이런 황후가 무너지고 있으면 대체 누가 이득을 얻느냐였다. 황후가 쓰러지고 이득을 얻을 자. 그런 자를 찾아야 했다.

그리고 그런 자를 찾을 수 있는 자는.

[중독이니 그 뒤는 전하께서 어찌 움직여야 할지 아실 거라 믿습니다.]

운현의 말에 조심스레 고개를 끄덕이고 있는 황녀였다.

그때까지 운현은.

'의원들을 살펴야겠지. 그걸 넘어서…… 배후도 찾을 수 있다면 찾아야겠고.'

의왕전을 살펴야 했다.

그렇기에 그는 그만의 방식으로 기행을 계속 이어나갔다.

백면서생이라도 되는 듯 오로지 서책에만 파묻혀, 무언가를 찾아나갔다. 황후 치료를 위한 시간을 제외하고는 전부를 그 시간에 바쳤다.

그만의 방식이었다.

'낚시지. 낚시는 기다림이 중요한 거고.'

그만의 낚싯대를 걸고는 물고기가 걸려들기를 기다렸다. 그리고 그 낚싯대에 걸려들기 시작했다.

"큼…… 편작의서가 아닌가."

운현을 찾아오는 자들 중에서 과연 그 배후가 있을지는 지켜봐야 할 일이었다.

*　　*　　*

운현이 그만의 낚시를 벌이고 있는 그 사이. 일행도 분주하게 움직이고 있었다.

당기재를 중심으로 움직였는데, 이번 일의 경우 기감을 필요로 하니 어쩔 수 없는 일이었다. 그 일을 도와주는 자는 일행과 함께 복귀를 한 송상후였다.

황녀 덕분에 조장급에서 직급이 더욱 높아진 그는 일행을 도와주는 데 꽤나 여유가 있어 보였다. 다만 그 여유만큼이나 궁금증도 커 보였다.

"교류라고 하지만 결국 비무이지 않은가? 비무를 벌여서 당장 일을 해결하는 데 도움이 되는 게 있는가?"

"있지요. 첫째는 예상하신 바대로 기감으로 알아봐야 할 것이 있지 않습니까."

"그렇다면 둘째는?"

"그거야 일단 흔들어 봐야 나오겠지요."

운현에게는 존대를 해 오나 당기재와 일행에게는 반 하대를 해 오는 송상후는 진심으로 궁금해 보였다.

그런 송상후의 궁금증을 당장 풀어 줄 생각은 없어 보이는 당기재였다.

"자자. 가지요. 움직여야 합니다."

"허어 참……."

단지 가벼워 보이는 움직임으로 바삐 움직일 뿐이었다.

움직임은 가볍더라도, 모두를 바라보는 당기재의 눈빛은 분명 그 누구보다 무거웠다.

*　*　*

도둑이 제 발 저린 법. 혹은 호기심이 고양이를 죽인다고 하지 않던가.

운현의 기행 덕분에 몇몇이 몰려오기 시작했고, 그중 가장 처음은 의외로 장서각의 사람이었다.

"편작을 아나?"

"모르지요."

"그런데 왜 보는가?"

"알려고 봅니다."

"크흥……."

그는 의원답지 않게 경망스러운 몸가짐을 가지고 있었다.

의복 또한 황궁의 것인데도 해어진 지 오래. 황궁 의원의 의복이 이리 누추해 보일 수도 있다는 걸 처음 알았다.

처음 운현이 들어올 때에 미친 듯 무언가를 필사하던 이였는데, 가장 먼저 관심을 가질 줄은 전혀 몰랐다.

'확실히 의외야.'

다만 그 눈빛은 형형하니 빛이 났다. 외부는 전혀 신경 쓰지 않은 채로 자신의 것에만 몰두하는 자들의 눈이다.

이런 자들은 대게 미쳤거나 천재다. 아니면 둘 다거나.

"그걸 조금 본다고 알게 되더냐. 의술이란 결국 행(行)인 것을……."

"기초부터 쌓아야 하지 않겠습니까."

"말에 따박따박 대답은 하는구나. 헹."

어딘가 날이 선 모습. 조금은 심술 맞아 보였다.

어쩌면 운현이 장서각에 오고 장서각 나름의 침묵이 깨져서 그럴지도 몰랐다.

겉으로는 아무런 말도 없이 조용한 장서각이지만 운현이 오고 많은 것이 달라졌다.

처음 삼 일째는 오지도 않던 자들이, 새로이 모습을 드러냈다. 그리고 그들은 의복은 같아도 두 부류로 나눠졌다.

그들의 정체는 뻔했다.

'통의각과 약주각에서 나온 자들이겠지.'

운현을 보고자 온 것이 훤했다. 탐색을 위한 것이든, 무언가 걸리는 바가 있든 무언가 이유가 있어 온 것이 분명하다.

아니면 의외로 뭐 좀 얻을 게 있는가 해서 왔을지도 몰랐다.

그런 자들이 오고 조용하기만 한 장서각은, 아무런 목소리도 없는 가운데 묘하게 분위기가 달라졌다.

그래서 노의원이 심술 맞게 구는 걸지도 몰랐다. 헌데 의외로.

투욱. 툭.

"그럼 이것들도 봐 보거라. 글 한 줄 이해할 수 있다면 다행이고. 아니면…… 거기까지인 거겠지."

괴팍한 노인네는 요 며칠 자신이 필사하던 것을 넘겨줬다.

거기에 더해 또 다른 서책을 넘겨줬는데 같은 글씨체인 것을 보면 이 또한 노인이 필사를 한 것이 분명했다.

'편공 정해. 화서평서?'

하나는 해석본. 또 다른 하나는 전에 없던 거였다. 알 수 없는 의원의 이름이었다.

'설마?'

운현이 의뭉스런 눈으로 바라보자 무언가 내심 찔리는 바가 있는 건지 말을 던져오는 노의원이었다.

"왜? 내 거여서 믿음이 안 가더냐?"

"아닙니다."

역시.

그의 것이었다. 하지만 얼핏 보기에도 손때가 탄 것이 여러 번 고치고 또 고쳐 만든 책이 분명했다.

'이런 걸 넘긴다고? 이렇게?'

운현으로서는 갑작스레 와서는 넘기는 것이 당황스러울 지경이었다.

뭐가 마음에 든 걸까? 아니면 다른 이유가 있어서? 기연? 대체 이걸 무슨 의미로 해석을 해야 한단 말인가.

약간의 혼란이 선다. 이런 경우는 낚싯대를 들이 밀고 장서각에 있는 운현으로서도 생각지 못한 부분이었다.

그런 운현에게 반쯤 호통이 들려온다.

"잡생각 마라. 여기가 장서각이어서일 뿐이니."

"아……."

"이해나 할 수 있으면 해보려무나. 그 뒤에 이야기가 통할지도 모르니. 헹……."

노인은 자기 할 말만 하고는, 또 무언가를 필사하려는 듯 새로이 붓을 들기 시작했다.

'이거 참…….'

세상에 기인은 많고, 괴팍한 자들은 더더 많다지만 운현으로서는 내심 당황스러움을 감추기 어려웠다.

'일단은 봐 볼까.'

그래도 이 또한 인연이라면 인연.

어떤 이유가 있다면 이 책을 이해하고 난 후에 알 수 있을 것이 분명했다. 서두를 것은 없었다.

"……."

운현은 아무런 일도 없다는 듯 평정을 되찾고서는 책을 바라보기 시작했다. 아까의 당황스러움은 온데간데없어 보였다.

다만 그런 운현을 당황스레 바라보는 자들은 통의각과 약주각에서 온 듯 보이는 의원들이었다.

내심 운현에게 무언가 전하려 했으나, 어쩐지 노의원의 눈치를 보는 느낌이었다.

그러다가 더 늦어서는 안 되겠다 여겼는지.

"……잠시 시간 좀 되시겠습니까?"

몇몇 의원들이 본격적으로 찾아오기 시작했다.

* * *

"그럼 잘 전달이 된 것으로 믿겠습니다."

벌써 몇 번째인가. 두 파로 나뉘었다는 의원들은 모두 하나가 된 듯 잘도 찾아왔다.

그들이 전달하고자 하는 것은 한 가지.

'찾아오라 이거로군.'

여러 미사여구로 말하기도 하고, 또 부족한 말로 말하는 자도 있었지만 모두 원하는 건 같았다.

주가를 올리고 있는 운현을 원하는 거였다. 외부에서 들어온, 거기에 황녀의 총애를 받고 있는 그를 원했다.

어느 쪽이든 간에 낚싯대를 들이민 운현으로서는 두 마리의 월척이 당장 입질을 하고 있는 셈.

"우선은 가 볼까."

그때부터 운현의 일정에 하나가 추가되었다.

* * *

'점차 나아지는군.'

황후를 치료하고자 가는 시간. 여기서는 치료에 집중을 하고.

"아쉽게도 아직이다."

"찬찬히 살피시지요. 점차 좋아지고 계십니다."

"진심으로 그러했으면 좋겠구나. 내 그리만 된다면…… 아니다. 이는 폐하가 정하실 일이겠지."

황녀와 일의 경과를 살피는 것은 본래부터 있었던 일과.

그리고 여기에,

"괜찮은 약재입니다. 한번 살펴보시지요."

"과연 좋군요."

하루는 약주각에 들러서 약주각의 약초들을 살피거나 약을 만드는 과정을 지켜보고. 또 하루는.

"자고로 침은…… 오, 오셨습니까."

침술을 주로 다루는 통의각에 들러서 그곳에 있는 자들을 살피는 것이 추가되었다.

치료에 이어서 새로운 것이 추가된 것이다.

하루에 한곳을 들른다고 하더라도 의왕전이 좀 큰가. 제대로 살피고, 분위기를 파악하고 다니는 것으로도 시간이 꽤 잡아먹을 정도였다.

덕분인지 이제는 장서각에 가게 되면.

"약주각에나 가지 이곳은 왜 또 왔느냐?"

노의원의 흰소리를 듣게 되는 터.

"안 그래도 밤새 읽으러 왔습니다."

"그러다가 탈난다."

운현을 걱정해 주는 듯하다가, 노인이 눈을 가늘게 뜬다.

"흐음…… 아니다. 네놈. 무공을 익혔구나? 흘…… 한 길도 어려운데 두 길이라. 신의라는 놈이 왔다고 들었는데 그게 네놈이더냐?"

"소식이 느리시군요."

"헹……."

그러더니 한참 살피다가 운현을 파악해내는 데 성공한 듯했다.

장서각에만 파묻혀 있는 노인인지라, 운현이 누구인지 파악하는 데 느린 듯했다. 하기는 세상만사에 신경을 쓰기보다는 오직 의서를 필사하는 데만 시간을 할애하는 노의원이었다.

가끔가다가 환자를 치료하러 나서는 듯한데 그 시간조차도 아주 짧을 뿐이었다.

글 쓰는 태가 꽤나 대단하여, 그가 의원 의복을 입고 있지 않았더라면 이름난 학사가 아닌가 생각이 들 정도였다.

'그나저나 대단하군…….'

어쨌거나 운현이 집중하는 바는 다른 데에 있었다. 노인의 행색이나, 행동거지는 당장 중요치 않았다.

절정에 이른 운현을 아무리 봐도 무공을 익히지 않은 듯 보이는 의원이 파악했다는 게 중요했다.

"티가 납니까?"

"안 나는 게 이상하지. 네 움직임. 손짓에 다 담겨 있지 않느냐."

"그것만으로는……."

"눈동자가 또 있지. 망이란 거다."

"……허."

"됐다. 어쨌든 가서 읽기나 해라. 더 신경 쓰이게 하지 말고."

자신이 먼저 말을 걸 때는 또 언제고, 붓을 들어 보이는 노의원이었다.

'걱정을 해 주니 정이 든다 해야 할지. 거참.'

다분히 사회성이 떨어지는 모습. 하지만 가진바 경지는 잠시만 이야기를 들어도 높아 보이니 갈피를 잡기 힘든 자였다.

어쨌거나 운현은.

"……."

이제는 자신의 고정석이 된 곳을 찾아가 자리를 잡을 뿐이었다.

'어디까지 익혀지려나.'

* * *

새로운 것을 익히며 시간을 보내기를 한참. 매일 반복되는 일상이 되려나 싶을 찰나. 새로운 이가 찾아왔다.

'풍채가 크군.'

의원들은 다소 왜소한 자가 많은 편. 의서든 독한 약초든 온갖 것들을 다루느라 의외로 몸이 허약한 자들도 다수였다.

그러나 눈앞에 있는 자는 아니었다. 어지간한 무인들의 풍채 못지않았다. 거기다 간간이 의복 사이로 드러난 모습을 보자면.

'근육……질. 타고난 건 아니다. 수련이군.'

겉으로 드러낸 기세와 다르게 무공을 익힌 것이 분명하다. 기감을 펼칠 것도 없이 툭 튀어나온 태양혈이 그 증거였다.

"자네가 운현인가?"

"맞습니다."

중후한 목소리였다. 또한 새로웠다. 이름만큼이나 신의라고 불리는 운현이었는데, 이름이 불린 건 오랜만이었다.

일부러 그런 게 분명하다. 운현을 아래로 내리깔려는 의도가 다분히 보였다.

아니면 격장지계로 한번 떠보거나.

어느 쪽이든 간에 운현은 걸리지 않았다. 다만 가만 그를 바라볼 뿐이었다.

"화섭주라 하네. 태어의지. 처음인가."

"처음 뵙는군요."

"공사가 다망하다 보니 그리됐네. 듣던 것과는…… 으음."

무언가 운현이 마음에 안 든다는 듯 실눈을 뜨고 바라본다.

은근 기세도 끌어올리는 것이 보통 사람이라면 주눅이 들 만한 모습이었다. 허나 운현은 그저 평온하게 바라볼 뿐이었다.

안 되겠다 여겼는지 바로 본론으로 치고 들어온다.

"큼…… 슬슬 고르는 것이 어떠한가?"

"고르라고 하신다면?"

"약인지! 침인지!"

말을 돌렸으나 그 의도는 명백했다. 처음 변화가 발생했다.

第十一章
변화

우연인지, 계획인지 몰라도 그날은 통의각의 정효추도 보았다.

그가 먼저 찾아왔다.

"자네군……."

그는 화섭주와 다르게 풍채가 작았는데 눈은 그 누구보다 형형하게 빛나고 있었다. 장서각에 있는 노의원의 눈과는 달랐다.

'더 미쳤군…….'

오로지 의술이라는 우물을 파는 자들이 이자를 따른다고 하더니, 과연 그럴 만한 눈빛이었다.

"어느 쪽이든 상관은 않네만…… 방해만 하지 말게. 무언가를 원하지도 말고."

그는 다분히 경계심이 높아 보였다.

의술을 연구하는 데 있어서 방해가 되는 것들 자체를 증오하는 듯 보였다. 오로지 연구. 이왕이면 방해 없이.

그게 그의 전부로 보였다. 운현도 약학에 미쳐 있다고 하지만, 이자는 확실히 더해 보일 지경이었다.

'파악하긴 쉬운 자군.'

이런 자가 의왕전의 한 계파를 차지하는 자라면, 그 실력은 확실히 뛰어날 것이 분명했다.

'……이자는 아닐지도 모르겠군. 연구 외에는 관심이 없어.'

서로가 서로를 바라보며 품평하는 상황이었다.

"흠…… 뭐 그래도 제법 한다는 소리는 들었으니, 끼려면 확실히 끼고."

그러다 정효추가 툭 던지듯 내뱉은 말로 짧은 대화가 끝났을 뿐이었다.

그렇게 본 둘.

'완전히 달라.'

같은 의왕전에 속한 자들이라고 보기에는 상상 이상으로

달랐다. 그런 자들이 한데 모인 것이 신기할 지경.

황궁이라는 특수한 곳이 아니었더라면, 저들은 결코 모이지 못했으리라.

"다들 다르니……."

워낙 성격이 다른 자들이 모여 있고, 그런 자들이 많다 보니 운현으로서는 당장 많은 것을 파악하기는 어려웠다.

어쨌거나 둘 모두 운현을 원하니 그 가운데에서 무언가 변화는 필요한 것으로 보였다.

'고민되는군.'

여러모로 고민이 되는 상황. 다만 특이한 점이 있다면.

'의선문 출신인 듯 보이는 자들이 꽤 됐단 말이지.'

순수하게 의원이 아니라 무공을 익힌 의원들이 꽤 된다는 사실이었다.

의선문의 의원들을 제외하고도 무공 자체를 익힌 자가 의외로 많았다. 특히 약주각 쪽의 의원들이 많았다.

호신의 수준이 대다수기는 했지만, 운현 같은 자나 의원들에게 무공을 가르치지, 보통은 의술 하나만 파기도 벅차다.

그런데 한둘도 아니고 여럿이었다. 여기에 화섭주까지 무공을 익힌 걸 생각하면.

'생각해 볼 문제야…….'

가장 의심이 가는 쪽이 약주각의 의원들인 것도 사실이었다.

"흐음……."

호랑이를 잡으려면 호랑이굴로 들어가야 한다고, 약주각으로 가야 하나 생각이 들 정도였다.

실마리가 많지 않은 가운데에서 운현의 고민이 계속되고 있었다. 물론 그 와중에서.

"집중이나 해라. 잡생각 말고."

"……예."

노의원의 잔소리는 계속될 뿐이었다.

*　　*　　*

운현이 한 곳에서 머무르며 낚싯대를 들이밀고 있을 때, 남은 일행은 그물을 치듯 종횡무진 하고 다녔다.

일을 하며 가깝다 할 수 있는 동창의 무사들과 대련을 핑계로 친분을 쌓는 건 쉽게 해결했다.

문제는.

"흠…… 그건 어려운 일이오만."

"교류도 안 되는 겁니까?"

"굳이 할 이유는 없다 봅니다."

"이런……."

생각보다 콧대가 높다고 할 수 있는 황궁의 무사들이었다.

여러 일을 맡고 있는 동창 무사들과 달리 황궁의 무사들은 유사시를 제외하곤 황궁을 호위하는 역할을 맡고 있는 터.

한 가지의 일. 특히나 지키는 일에 특화된 자들이어서인지 이들은 융통성이랄 것을 찾아보기 힘들었다.

"틈이 없습니다."

"무사라기보다는 군인이라고 봐야겠습니다. 하기는…… 황궁의 무사니 품계도 있겠지요."

"의외의 곳입니다. 흠……."

답이 없었다.

동창 무사들은 어찌 어울리며 당기재의 기감과 남궁미나 명학의 눈썰미로 사람들을 추려 보지만, 확실히 막혀버린 상황.

"흐음…… 어쩐다."

"답은 나와 있지 않습니까. 한 번에 안 되면 슬쩍이라도 봐야지요."

"허 참. 어쩔 수 없겠지요."

동창 무사들은 쉬이 봐가고 있으나, 황궁 무사들은 당기재의 말마따나 슬쩍 보는 수밖에 없었다.

다행인 점이 있다면.

"이거라도 받게나. 본래는 대외비이나 자네들에게 협조하라는 황녀전하의 말이 있었으니."

"오오."

"이거라도 있어 다행입니다."

그들을 돕는 송상후가 유능하여 가만있어도 정보를 물어다 주긴 한다는 점이었다.

"그나저나 동창의 일은 어찌되는 건가?"

"그거야 잘 알아보고 있지 않습니까."

"흐음…… 통 과정을 알려주지를 않으니 궁금해서 그렇네."

"아직은 말하고 다닐 상황은 아닌 듯합니다."

"일이 중하니 이해는 하네만……."

은근슬쩍 섭섭한 표정을 보내오는 송상후였다.

다른 이들은 몰라도 자신에게도 비밀로 하는 일행을 보면서 내심 섭섭함을 금치 못하는 듯했다.

하지만 송상후의 말처럼 워낙에 중한 일이지 않은가. 일행으로서는 겸연쩍어하면서도 말을 할 수가 없었다. 대신.

"그렇다 해도 송 어르신을 의심하는 건 아니니 걱정하지 마시지요."

"그야 아네만…… 허허."

삐친 것 같은 어르신을 달래는 데는 주제를 바꾸는 것이 가장 좋은 터.

당기재가 은근슬쩍 나섰다. 표정은 운현이 그에게 일을 시킬 때 짓는 표정과 비슷했다. 은근하게 원하는 표정이었다.

"자자, 가서 함께 일이나 마저 하는 게 좋지 않겠습니까. 적어도 무사들이라도 같이 살피는 것이……."

"그래도 되겠는가?"

화색을 띠는 송상후!

'걸려들었어.'

하지도 않던 일을 해야 하는 상황인데 같이 일을 할 수 있다는 것에 환영을 한다.

"아무렴요. 어르신이 도와준다면 그만큼 든든한 일이 또 어디 있겠습니까!"

"오. 그렇다면야…… 내 어서 시간을 내지!"

넉살도 좋게 말하는 당기재와 그에 낚여버리는 송상후!

"이 정보는 말일세……."

누가 시키지도 않았는데 나서서 자신이 가져온 정보를 분석하고, 그도 모자라서는.

"내 이걸로는 안 되겠구먼."

더 많은 정보들을 가져온다.

운현의 약학(藥學)에 낚여 당기재가 자신의 손으로 목줄을 쥐었듯, 송상후도 당기재에게 목줄이 쥐여버렸다!

'좋은 방법이로고.'

청출어람이라고 자신이 운현에게 당한 것을 그대로 송상후에게 써먹고 있는 당기재!

어쩐지 그를 바라보는 남궁미와 명학의 표정은 얼이 빠져 있었지만, 그로서는 당장 일을 맡길 수 있다는 게 흐뭇할 뿐이었다.

"자자, 이거 안으로 들어서서 자세히 보지. 따라오게나."

"물론입니다. 어르신."

파닥파닥 낚여버린 송상후가 서운함은 뒤로하고 의욕을 불태우고 있으니 효과는 좋은 터.

이상한 방향으로 성장한 듯한 당기재와 의욕을 불태우는 송상후 덕분으로 일행은.

"흐음…… 계파가 나뉘긴 했어도 심각해 보이지 않는 듯하군요."

"일단은 그렇습니다만은 더 지켜봐야겠지요."

"그나저나 황궁 무사들 말입니다. 그들도 나름……."

여러 정보를 취합하고 얻어갔다.

운현이 의왕전에서 낚시를 하는 동안 그들은 황궁의 무인과 동창을 놀이터 삼아 활동하고 있는 셈이었다.

좋은 움직임이었다.

*　　*　　*

그 좋은 움직임 덕분에 두문불출(杜門不出)하며 몸을 사리거나, 분주히 움직이는 변화가 일어났다.

화려한 색감을 다 갖다 붙인 모습.

안 그래도 화려한 외모를 더 큰 화려함으로 꾸민 느낌이었다.

과했다.

하지만 타고난 미색이 뛰어나서인지 과함에도 그조차도 아름답게 보이는 여인이었다.

겉으로 보기에 나이는 황녀와 비슷해 보이는 정도. 하지만 이 여인이 사십 대에 들어선 지 오래란 걸 생각하면 그 미모는 괴이하다 할 수 있을 정도였다.

그녀, 황귀비 초설이었다. 하나뿐인 황귀비인 그녀가 자신이 믿을 만한 시녀 하나만을 데리고서는 자신의 궁에 똬리를 틀고 있었다.

황후의 쾌유를 빈다는 핑계로 이곳저곳 유랑을 다니길 즐기고, 황후에게 갈 온갖 것들을 자신이 챙겨드는 그녀치곤 꽤 오래 궁에 있었다.

평상시의 여유로움은 어디로 가고 잔뜩 긴장한 기색이었다.

"어떻게 됐느냐?"

"시선이 집중되어 있습니다. 당장 폐하의 시선도 알게 모르게 집중이 되어 있는 상황입니다."

"그래도 여태껏 잘해 왔지 않느냐? 네 힘이라면……."

"당장은 무립니다. 아시잖습니까. 그자, 이쪽 방면에는 감히 최고라 할 수 있는 자입니다."

"그래도 방법을 생각해 내야 할 것 아니더냐!"

서슬 퍼런 호통을 치는 초설이었지만, 그녀의 외침에도 상대는 긴장감이라고는 전혀 보이지 않았다.

내시의 복장을 하고 있지만, 대장부처럼 어깨를 올곧이 펴고 가만 있을 뿐이었다.

"이익…… 이이익!"

자신의 호통에도 상대에게 전혀 변화가 없자, 그게 마음에 들지 않는 듯 숨을 쌕쌕 내쉬는 황귀비였다.

어쩌랴.

'네 이놈을…….'

속은 타도 당장은 어찌할 수가 없다.

둘은 겉으로나마 협력자가 아닌가. 게다가 황귀비가 되기까지 도움을 받은 바가 많다. 그 이전에 이자의 세력이 어디까지 뻗어 있는지도 모른다.

겉으로는 특이하게 도통 노릇을 하고 있지만, 그에게 속해 있는 자가 꽤 되는 건 어지간한 자들은 다 아는 사실이다.

서슬 퍼런 황제의 시선에서도 자유로울 수 있는 자가 이 자였다.

그게 권력이든 무력이든 간에, 대단한 자라 할 수 있었다.

그걸 알기에 자기 성질을 마음껏 내지 못하는 황귀비였다. 그래도 성질껏 소리는 치려는 찰나.

"조금만 기다리시지요. 그래도 준비는 되어 갑니다. 머리가 안 되면 꼬리라도 노리면 움찔하는 법 아니겠습니까?"

오 도통. 무려 종일품에 속하는 지위였다. 영민하다 못해 교활할지언정 자신이 한 말은 지켜왔던 그였다.

그의 말에 잔뜩 골이 나 있던 황귀비의 눈이 조금은 풀어진다.

"……믿어도 되는 건가? 시일이 지났어. 시일이! 황녀도 이제는 나를 또 의심한단 말이다."

"어디 유람이라도 다녀오시지요. 다녀오시면 다 끝나 있을 겁니다."

"오 도통! 자네를 근래 도통 자리까지 올린 게 누군지를 기억하게!"

“예. 기억하고 있습니다. 있으니 온 것 아니겠습니까.”

눈을 가늘게 뜨고 오 도통을 바라보는 황귀비였다. 과연 이자를 어디까지 믿어야 할까 고민하는 눈빛이었다.

“…….”

그 시선에 지지 않고 도통은 가만 황귀비를 바라본다.

이내 황귀비가 오 도통의 시선을 피한다. 여기서 칼을 쥔 쪽은 베갯머리송사를 할 수 있는 자신이 아니라 일을 획책할 수 있는 도통인 것을 인정한 게다.

“그럼 맡기겠네.”

“이왕이면 하남이 편하실 겁니다. 일이 있었으니 위문 차 간다는 것도 좋겠지요.”

“그건 내가 알아서 정하겠네!”

“단지 충언을 드렸을 뿐입니다.”

“……가게나! 어서!”

“안 그래도 가야 할 참입니다. 자리를 너무 오래 비울 수는 없으니. 그럼…….”

자신의 할 일이 끝났다는 듯 몸을 일으키는 도통이었다. 이곳에 왔다는 것 자체가 마음에 들지 않는 듯 어딘지 모르게 신경질적인 몸짓이었다.

‘귀찮은 계집.’

황귀비가 계속해서 연통을 보내지만 않았더라면 여기까지

오지도 않았을 게다. 당장에는 움직이는 것 자체가 위험했다.

하지만 계속되는 오는 연락을 무시하다가는, 성질 급한 황귀비가 무슨 일을 벌일지 모르기에 그도 어쩔 수 없이 온 터였다.

그러니 물러나면서도 시선이 고울 수가 없었다.

'성격을 고치지 못한 게지. 쯧…… 처음부터 이년을 골라서는 안 됐나. 하기는 그때는 방법이 없었으니…….'

약간의 후회도 스쳐 지나가는 도통이었다.

그러나 지금 후회하기보다는 어서 가야 했다. 여기서 더 자리를 비웠다가는 대역으로 세운 자가 들킬지도 모를 일이었다.

자기 자신은 믿어도, 남은 믿지 못하는 그이기에 자신이 애써 고른 대역도 믿지 못했다. 자연스레 걸음을 바삐 놀리기 시작한다.

도통이 물러나자마자,

'성질머리하곤…….'

안에서부터 온갖 것들이 깨지는 소리가 들려온다.

화려하게 꾸민 미색만큼이나, 그녀와 같이 화려함을 밝혀주던 안의 귀물들. 중원에서 얻기도 힘든 보물들이 깨어져

나가는 소리가 분명하다.

"아아아악!"

그 뒤로 황귀비의 째진 음성이 들려온다.

'몇 명 교체해야겠군.'

지금 시기에 소동을 일으키는 건 좋지 못한 법. 그녀가 지금 일으킨 소동을 들었을 자들을 몇 명 소리 없이 처리해야겠다 여기는 태감이었다.

'저 성질머리에 고르기야 했지만…… 자리가 사람을 만들지는 못하는군. 그래서 다행인가.'

알 수 없는 생각을 하며 물러나는 도통이었다.

"내, 내가 그놈을!"

동상이몽 속에 잡음으로 일을 획책하고 있는 어딘가였다.

"……잡았다!"

그리고 그런 그들의 꼬리를 누군가가 잡았다. 그자는 잔뜩 흥분을 한 와중에서도 침착하게 태감이 물러나기를 기다리고 있었다.

허나 그도 알았어야 했다.

도통이 그의 자리에 오르기까지 협잡질을 한 것은 사실이나, 그의 실력이 낮았더라면 결코 도통에까지 오를 수 없었음을!

미묘하게 달라진 도통의 움직임을 알았어야 했다.

* * *

누군가는 꼬리를 길게 늘어트리고, 또 누군가는 그 꼬리를 잡고, 꼬리를 잡은 자의 꼬리를 누군가 또 낚아채려 하는 황궁 안.

근래 황후의 점진적인 치료 소식에 얼굴이 펴 있던 황녀의 아미가 잔뜩 찡그려져 있었다.

"괜찮으냐?"

"……예."

"전하도 치료가 되고 있다고 하지 않더냐. 너무 걱정은 말거라."

표정 관리가 제대로 되지 않았는지, 그녀의 손위에 있는 황녀가 염려를 다 해 올 정도였다.

황녀 주아소.

이름 그대로 아름답기만 한 그녀는 운현과 일을 벌이는 주아민과는 다르게 궁 안의 일에는 밝지 못했다.

영민하다기보다는 백치에 가까운 여인이라 알려져 있었다.

보통 이들의 삶은 전혀 모르며, 누군가를 부린다는 것에도 익숙지 못하고, 정치에는 관심이 단 한 점도 없다 밝혀진 게 그녀였다.

하지만 어렸을 적의 황녀 주아소는 분명 영특했다.

황자의 몸으로 태어났으면 다음 대의 황제가 되었을 거라 여겨지는 주아민보다도 더 뛰어나다고 알려졌던 게 그녀였다.

"어찌 딸아이들만……."

서슬 퍼런 권력을 자랑하는 황제도 자식의 성별을 바꾸는 건 불가능한 터.

덕분에 황제가 안타까워했다는 것은 지금도 잘 알려져 있는 후문이었다.

분명 어릴 적의 주아소는 그 누구보다 뛰어났다. 지금의 부족함과 백치미가 믿어지지 않을 정도로!

근래에 이르러서는 주아소를 무시하는 자들이 많았으나, 주아민만큼은 그녀를 무시할 수 없었다.

그녀와 가까이 지내온 주아민은 가끔 그녀가 그 누구보다 날카로운 면모를 보이는 것을 알고 있었다.

'아직 검집에서 뽑히지 않은 검일 뿐……'

아무 세력도 없으며, 가진바 능력은 낮다 알려진 그녀지만 그 누구보다 뛰어남을 주아민만은 알았다.

그럼에도 아무것도 모르는 양 주아민에게 부드럽게 말을 건네는 주아소였다.

"……혹여나 피로하다면 어서 들어가 보거라. 이 언니는 네가 잘 있다는 걸 보았으면 되었으니."

"그래도 되겠습니까?"

"후후. 평소라면 남겠다고 할 아이가 오늘따라 급하구나?"

"……그건."

"되었다. 어서 가 보거라. 네 낭군이 될 자가 그리도 보고 싶더냐?"

"아니라고 하지 않았습니까. 거기다 불가능합니다."

"혹 모르지. 그가 치료하는 데 성공한다면…… 말이야. 후후."

"속도 없는 소리입니다."

"됐다. 어서 가보기나 하거라. 이 언니는 수라도 놓고 있을 터이니."

"……예."

정말 수를 놓겠다는 듯, 두다 말았던 수를 다시금 꺼내드는 주아소였다.

바로 놀리기 시작하는 손은 황궁에 있는 뭇 여인들이 그러하듯 부드러운 섬섬옥수였다.

하지만 그 안에서 수가 놓아지고 있는 것은.

'……호랑이인가.'

그것도 특별하다고 알려져 있는 백호였다.

과연 그녀가 완성된 그것을 황제께 진상할지, 아니면 또 다른 누군가를 선택할지는 두고 보아야 할 일이었다.

어쩐 일인지 황녀 주아민의 머리로 운현의 얼굴이 스쳐 지나간다.

'가봐야겠어.'

그의 일행. 그녀가 보낸 수족들로부터 들은 것이 있는바.

"어서 황후전으로 가야겠다."

"예. 뫼시겠습니다."

어서 운현과 상의를 해야겠다 여기며, 급히 몸을 움직이기 시작하는 황녀였다.

그녀가 알까. 누군가와 상의하는 바가 없는 그녀가 먼저 상의를 하겠다고 나선 것은 굉장히 이례적인 일이란 걸?

운현을 만나러 가는 얼굴을 할 때면 어김없이 낯이 상기되곤 하는 걸 그녀 자신은 아직도 눈치를 채지 못한 듯했다.

남은 부릴 줄 알아도, 자기 자신에 대해서는 잘 파악치 못하는 채로 바삐 몸을 움직이기 시작하는 황녀였다.

그런 황녀가 다녀간 빈자리를 바라보는 남은 주아소는.

"자그맣던 아이가 어느덧 컸구나……. 허나 아직도 세세한 것은 빼먹기도 하니……."

수를 놓던 손을 멈추고서는 머리로 끊임없이 수를 세기 시작했다.

자신이 할 수 있는 것, 하지 못하는 것. 그리고 나설 수 있는 것들을 끊임없이 계산하는 것이었다.

그 계산이 다 끝났을까.

"나설 때가 된 것 같구나. 동생이 죽게 둘 수는 없는 법이니…… 후. 이 생활도 여기까지인가."

오래전부터 자신의 궁에만 머무르며 떠나는 법이 없던 주아소가 몸을 일으킨 것은 얼마 뒤의 일이었다.

그녀가 어디로 갈지는 오직 그녀만 아는 터.

복잡해지던 판에 새로운 이들이 추가되기 시작했다.

第十二章
생독(生毒)!

"무슨 일이더냐!"

황후전 안으로 들어서기도 전부터 주아민은 무언가 일이 심상치 않게 돌아가기 시작한다는 걸 깨달았다.

황후를 위해서라도 산사보다도 더욱 정갈함을 갖추고 있던 황후전이 그 어느 때보다 소란스러웠다.

말이 오고가고, 사람이 뛰어다니고 하는 것은 아니나 분위기가 평소와 달랐다.

"……."

말이 없는 가운데 움직이는 시비들은 어딘가 부산스러웠다. 부자연스럽다.

"전하를 뵙사옵니다."

"저, 전하를 뵙사옵니다."

평소라면 오기도 전에 눈치를 챘을 주아민의 행차를 뒤늦게서야 알아채고서는 예를 올릴 정도였다.

"……무슨 일이냐고 물었느니라."

"그것이……."

"어서."

황녀의 재촉에 죽을죄라도 지은 듯, 고개를 푹 숙이는 시비들이었다.

하지만 어쩌겠는가. 다른 누구도 아닌 주아민의 호통이다. 황자는 아니라도 황자보다 권위를 갖기도 하는 그녀다.

그녀의 호통을 듣지 않을 수는 없었다.

"……황후 전하의 상태가 좋지 않으십니다."

"신의는 어디 있고?"

"신의의 치료 중에 갑작스레 발작을 일으키셨습니다."

"신의의 치료 중에 말이더냐!?"

믿기지 않는다는 듯 되묻는 황녀였다.

'대체 무슨 일이란 말인가!'

서슬 퍼렇던 그녀의 표정이 깨졌다. 시비와 같이 다급하게 변하였다.

황녀지만 그녀도 어쩔 수 없는 황후의 딸인 것이다. 자신의 어미가 발작을 일으켰다는데, 평정심을 유지하는 자식은 어디도 없었다.

"신의는 무어라 말하더냐?"

이런 와중에 상황을 묻는 게 대단하다 할 정도였다. 이미 이야기가 시작된 터. 시비는 기다렸다는 듯 속사포처럼 답을 해왔다.

"야, 약재들을 가져오라 말하셨습니다. 급히 적어주었습니다."

"가져다주었느냐?"

"예. 미리 챙겨 놓은 바가 있어 금방 가져다주었습니다."

황후가 몸이 안 좋은 지 벌써 몇 년이다. 어지간한 약재는 황후전에 다 갖췄다. 덕분에 바로 가져온 듯했다. 다행이었다.

"그러곤? 다른 자들을 찾지는 않았느냐?"

일행. 그도 아니면 황궁에 있는 다른 의원들을 찾지 않았느냐 묻는 황녀였다.

"아닙니다. 대신에 그 누구도 들이지 말아 달라 하였습니다. 자신을 믿어달라고……."

"허어……."

아무리 신의라도 홀로 할 수 있는 일이 있고, 하지 못하는 일이 있는 터. 다른 이들에게 도움을 청할 거라 여겼는데, 그게 아니었다.

당황스러운 상황이었다.

하나보다는 여럿이 나을 줄 알았는데 홀로 모든 것을 책임지겠다고 하다니!

'실패를 하면…….'

실패는 곧 황후의 죽음일 수도 있는 터. 황후를 치료치 못한 대가가 죽음이 될 수도 있는 것을 모르는 것인가?

'아니다.'

아니. 그가 아는 운현은 그걸 모를 자가 아니었다. 그는 바보가 아니었다. 그녀만큼, 어쩌면 그녀 이상으로 뛰어난 게 그였다.

'어찌해야 하는가.'

여기서 황녀 주아민은 선택해야 했다.

그를 믿고서 기다려 줄 것인가. 그도 아니면 그를 믿기보다는 남아 있던 다른 황궁의 의원들을 데려와야 할 것인가.

둘 중 하나의 양자택일을 해야 했다.

"하……."

막막함에 자신도 모르게 한숨을 내쉬는 황녀였다.

절벽 아래로 떨어지는 듯한 막막함이 그녀의 가슴을 퍽하고 친다. 답답함과 혼란스러움에 무릎의 힘이 풀리는 느낌이었다.

막막함은 깊었지만 고민은 짧았다.

고민에 가슴만 치고 있기보다는 어서 선택을 해야 함을 그녀는 분명히 알았다.

운현에게 모든 것을 맡기느냐. 황의를 데려오느냐 그 사이의 고민에서 그녀는.

"……영철."

"예."

"무사들을 데려오거라. 그 누구도 본녀의 허락 없이는 오고가지 못하도록. 그게 설사 폐하라 하더라도!"

불가능에 가까운 이야기. 황녀만큼이나 황후를 어여삐 여기는 황제라면 소식을 듣는 순간 이곳에 올 수도 있을 일이었다.

"모든 것은 본녀가 책임을 지겠으니……."

"전하……."

그럼에도 막는다 말한다. 감히 모든 것을 막겠다고 말한다. 그만큼 각오가 서 있었다.

자신이 모든 걸 막을 터이니, 그 안에서 운현이 해결을 보기를 선택했다.

각오가 선 그녀는 그 누구보다도 굳건해 보였다.

"여기서 모든 것이 실패한다면 이 몸이 모든 책임을 지겠느니라. 그러니 영철. 해 줄 수 있겠느냐? 안 되면 물러나도 좋다."

"……전하와 같이하겠습니다. 사람을 데려오도록 하지요."

영철 또한 그녀를 선택했다. 그녀가 믿는 운현을 선택하였다.

그가 몸을 급히 움직이며 주변에 있는 자들에게 지시를 내리기 시작한다. 얼마 가지 않아 동창의 무사들이 이곳을 와서 가득 채우리라.

많은 무사들이 이곳을 가득 채우겠지만, 안에 있는 운현을 방해치 않기 위해서라도 모두가 침묵을 지킬 터였다.

'……신의. 아니 운현.'

모두의 기대, 아니 부담감을 감내할 운현이 있을 안을 가만 바라보는 황녀였다.

아무런 말도 없지만, 그녀의 눈빛만큼은 그 어느 때보다 절절했다.

* * *

"대체……."

소식은 동창에 있는 일행에게도 전해졌다. 다른 동창 무사들과 함께 일행도 황후전을 들어섰다.

그들의 운명도 운현과 같은 터.

모든 벌에 연대책임을 묻는 황궁의 성격상, 일이 벌어지게 되면 이들 또한 벌을 받을지도 몰랐다.

어쩌면 그들이 속한 가문에 해가 갈지도 모를 일이었다.

다소 과하다고 하더라도 그게 황궁의 방식이었다.

그걸 모를 일행이 아님에도 모두의 얼굴에 그런 걱정은 보이지 않았다. 다른 걱정이 보였다. 안에 있는 운현에 대한 걱정이었다.

* * *

'이런!'

방심은 하지 않았다. 다만 예상이 빗나갔을 뿐이다.

독에 독이라니. 거기다 이 독은.

"살아 움직이지 않는가."

마치 생물처럼 살아 움직이는 느낌이었다. 굳이 이름 붙이자면 생독. 살아 움직이다니!

이런 독이 있다는 것은 운현으로서도 듣도 보도 못했다.

당장 옆에 당기재가 있었더라면 연구를 해야 된다고 눈에 불을 켰을지도 몰랐을 독이다.

이런 독을 얻어다 주기만 한다면 당기재를 넘어 당가의 은

인이 될지도 모를 정도다.

'허나 당장은 필요 없지.'

그건 나중의 일. 지금 중요한 것은 이 독을 치료하는 것이다.

'이제 알았다. 너무 늦었을지도 모르지만…….'

운현의 지속적인 치료. 그 치료에도 잠잠했던 독이다.

조금씩이지만 치료를 지속하다 보면 황후의 몸에 있는 독을 금방 몰아낼 것으로 보았다.

황궁에 있는 의원들이 이 독을 왜 치료해내지 못했나 의문이 들 정도였다. 하지만 이유가 있었다.

살아 있는 독이라니. 거기다 살아 움직이며 저항하는 독이라니?

'강해졌다……. 아니 성격이 변했다 해야 하나.'

운현이 치료를 하는 동안 독은 숨을 죽였다.

그리곤 놈을 준비를 했다. 운현의 치료를 피할 수 있는 독으로. 더 강력하게. 더 지독하게 변했다.

단순히 살아 있다는 것을 넘어서, 저항을 하고 더 강해지는 독이라니.

'……약으로 이런 약이 있었더라면 천하제일의 약이겠지.'

반대로 약이었더라면 죽은 자를 빼고 다 살리는 성수가

되었을 거다. 어쩌면 지속적으로 내공을 올려주는 영약이 될지도 몰랐다.

상상만 해도 축복받은 약이다. 하지만 지금은 정반대.

어떤 식으로든 상대를 죽이기 위해서 움직이는 독이었다.

이런 독이니 황의들이 치료를 하지 못한 거다. 일반적이지도 않으며, 대응을 하기도 힘들다.

점진적으로 치료하기보다는.

'한 번에 했어야 해.'

살아 있는 독이 감히 반항을 하기도 전에 치료를 해냈어야 한다.

하지만 독이 강력하니, 그건 거의 불가능에 가까운 일! 이러지도 저러지도 못하니 치료가 안 된다.

'어쩐다.'

선택을 해야 했다. 이대로는 안 됐다. 어떤 방식으로든 치료를 해내야 했다. 운현은 바로 머리에 번뜩 떠오르는 방식부터 실행하기로 했다.

'죽이 되든 밥이 되든…….'

떠오르는 방식을 쓰지 않으면 안 되는 상황이었다. 그 처음은.

고오오오—

기의 주입부터였다.

*　　*　　*

한 시진이 지나 두 시진.

"……소식은 없더냐?"

침묵을 지키고만 있던 황녀의 입술이 열린다.

"……"

다들 아무런 말이 없다. 그녀의 말에 답하는 것이 겁이 나는 거다.

무인은 아니지만 지금 그녀의 기세는 어마어마했다. 살기였다면 사람 하나 아니 여럿을 찢어죽일 살기다.

결국 영철이 칼을 빼들었다.

"아직인 듯합니다. 기운은 계속되고 있습니다."

"그 기운이 점차 잦아들고 있지 않는가."

황녀의 말대로였다.

운현은 처음 어마어마한 기운을 흩뿌리기 시작했다. 무공을 익히지 않는 자들도 느껴질 만큼 강한 기운이었다.

그런데 지금은?

'옅어.'

운현의 기운이 제대로 느껴지지 않는다.

영약을 잔뜩 먹어 내공을 가진 황녀지만, 오감은 다른 사람보다 조금 나은 정도. 그 오감으로 느껴지지 않는다. 급작스러운 변화였다.

그녀가 다급해지는 것도 당연했다.

"……아직 기가 돌고는 있습니다."

"본녀는 느껴지지가 않네만…… 큰 문제인 것이지 않은가?"

"……."

여기엔 아무리 영철이라도 답을 할 수 없었다.

무인이기에 황녀보다는 기운을 느끼는 게 용이하기는 했으나, 치료의 과정까지는 그도 몰랐다. 그는 무인이지 의원은 아니었으니까.

그러다 보니 안에서 이뤄지는 일이 제대로 돌아가는 것인지 아닌지를 알 수 없었다.

"휴우…… 되었다. 괜히 쓸데없는 소란을 만들어냈구나."

황녀도 뒤늦게서야 그걸 깨달았다.

괜한 사람을 닦달해 보아야 얻는 것이 없다는 것을 안 것이다. 평소라면 이런 실수는 하지 않겠지만 어머니에 관련된 일이니 어쩔 수 없었다.

그런 황녀의 마음을 이해하기에 영철은 읍을 해 보이면서 물러날 뿐이었다.

*　*　*

한 시진도 아니고 두 시진이다.

그동안 내내 기운을 뿜어내는 건 거의 불가능한 일이었다.

그걸 운현은 해내고 있었다. 기감을 이용해서 기운을 끌어들이고, 그 기운을 내공으로 화(和)하게 만들었다.

"후욱……."

그 기운을 그대로 황녀에게 쏟아 붓는 것을 유지하는 건 어마어마한 심력의 소모인 터!

자연지기를 자신의 기로 가져다 쓰는 화경의 경지를 얼핏 흉내 내는 것만으로도 대단한 일이었다.

그 일을 무려 두 시진 가까이를 진행했다. 녹초가 되지 않으면 그게 더 이상했다. 하지만.

'……아직 살아 있다.'

독이 아직 살아 있었다. 지독했다.

놈은 황후의 몸을 인질 삼아 어떻게든 버텨냈다.

황후의 몸에 남아 있는 기운들. 황녀와 같이 영약을 흡수해서 얻었을 기운들을 양분 삼아 자란 생독은 상상 이상이었다.

죽을라치면 살아나고, 죽을라치면 또 변화해서 저항했다.

가장 상위의 기운이라는 선천진기를 사용한다지만 이건

암담할 정도였다.

이 독을 중독시키는 데 한몫을 했을 것이 분명한 암화는 대체 어떻게 이런 독을 만들어냈나 싶을 정도였다.

암화 말고 다른 조직이 또 있어 이런 생독을 만들어 낸다면 그건 그거대로 암담하다 할 수 있을 정도였다.

그렇게 독은 버텼다. 지독하고도 지독하게!

지치지도 않는다.

"흐으……."

대신 운현이 지쳤다. 자신도 모르게 신음이 비어져 나오는 그였다.

머리가 어지럽다. 힘이 빠진다. 심력의 소모가 컸다. 핑핑 돌던 머리가 돌지 않는다. 어찌해야 할지 방안이 생각나지 않았다.

어떻게든 기운을 끌어들이고 다시 내뿜기를 반복하지만, 쉬이 되지 않는다.

'……일 할인가.'

몸 안에 남아 있는 기운이 많지 않았다.

그나마 일 할이라는 기운이 있는 것도 천운이다.

편공서에서 익혔던 것. 잠시나마 기운을 강화시키는 침술을 사용하지 않았으면 이만큼 기운이 남아 있는 것도 무리였다.

문제는 기운이 강화되는 것도 여기까지라는 것.

'곧 끝이다.'

이대로면 남은 기운마저 전부 흩어질 수 있었다. 일 할로 치료가 가능하면 모르나, 그건 불가능한 상황!

새로운 방법을 써야 했다. 다시 한번 선택을 해야 했다. 그리고 그 선택을.

"……해내야지. 못 하면 다 죽으니."

운현은 그 자신에게 있어서는 최악이라고 할 수 있는 방법을 선택했다.

'가져간다.'

반쯤은 도박. 그에게 있어서는 최악. 하지만 황후를 치료함에 있어서는 최고의 수가 될 수도 있는 도박적 선택이었다.

고오오.

남은 그의 기운이 총동원된다. 황후의 몸 안에서 남아 싸우고 있던 기운들도 전부 동원된다!

그 기운들이 독을 감싸기 시작한다.

스으으.

자신을 죽이는 줄 알고 반항을 하던 독이, 잠시 당황한다.

죽이는 것도 아니고 감싸기만 하니, 당황할 수밖에 없었다.

그러다 이내 운현의 힘이 다했다 생각했을까. 굶어죽은 아귀라도 되는 듯 자신을 감싼 운현의 기운을 포식하려는 듯 달려든다.

자신이 아닌 다른 기운을 이용하여 기생하는 생독다운 짓이었다.

놈은 무엇이든 다른 것을 잡아먹고 기생한다. 그리고 몸집을 키우고 변화한다. 그게 지금까지 생독과 싸운 운현이 내린 결론이다.

'역으로 이용한다.'

그걸 이용한다. 무조건적인 흡수. 변화를 꾀하는 생독의 성질을 이용하기 시작했다.

조금씩. 아주 조금씩.

생독에게 자신의 기운을 내어준다.

운현의 기. 무려 선천진기다. 생독에게 있어서는 가장 맛있는 진미가 될 수밖에 없었다. 의심도 않고 야금야금 따라온다.

그러다 덜컥 멈춰 선다.

'들어와라.'

경계였다. 황후와 운현의 몸 사이의 경계. 그 경계에서 멈춰 섰다.

들썩들썩이며 고민하는 기색이 역력했다.

그 무엇보다 맛있는 먹이인 운현의 기운과 지속적으로 자신을 키워 주던 황후의 몸 안에서의 고민이었다.

고향을 등지기 싫어하는 사람처럼, 자신의 영역을 두고 한참을 고민하던 생독이다. 하지만.

화아아아악—

운현이 마지막 남은 일점의 기운. 잠시나마 주변을 끌어 들여서 만든 모든 기운을 끌어 올린 그 순간!

'이거다!'

라는 느낌 그대로 생독이 운현을 향해서 쏘아졌다. 하나도 남김없이! 전부!

"……큿."

운현으로서는 자신 스스로 중독당한 셈.

온몸이 펄펄 끓는 느낌이었다. 근육이 수축과 이완을 절로 반복한다. 그의 통제하에 있던 몸이 제대로 그의 말을 듣지 않는다.

몸을 통제하기 힘들었다. 그 어느 때보다도!

하지만 지금 쓰러져서는 안 됐다. 해야 할 일이 있었다.

"……누, 누구든 들……."

운현의 말이 끝나기도 전에 벌컥 문이 열렸다.

영철이었다. 그 뒤로 황녀가, 일행이 쏟아지듯 들어왔다.

황후를 한 번 보고, 운현을 바라본다.

황후는 온몸이 젖어 있으나, 숨은 편해 보였다. 그 어느 때보다도! 그 변화를 황녀를 포함한 모두는 바로 눈치챘다.

문제는 운현!

누구보다 파리한 안색을 하고 있는 운현의 모습에 모두 당황한 기색이 역력했다. 의술을 몰라도 운현의 상태는 이상했다.

"중독이잖소!"

그 상태를 당기재가 정리했다. 독공을 익혔기에 누구보다 정확한 판단이었다.

운현은 고개를 어렵사리 끄덕이는 것으로 대답을 대신했다.

"……전하……를 확인. 이, 이것으로…… 치료는……."

운현은 말을 채 다 끝마치지 못했다. 그대로 고개가 꺾였다.

"신의!"

"공자!"

가장 먼저 쏘아져 나간 이는, 운현이 맡긴 일로 침식을 잊고 지내고 있던 제갈소화였다.

그녀가 다가가 운현의 맥을 짚는다. 의원 노릇은 못해도 의방에서 있으면서 기본은 익혔던 그녀였다.

생사여부는 쉬이 알 수 있었다.

"……다행히도…… 아니 이걸 다행이라고 해야 할지는 모르겠지만, 큰일은 비껴간 듯합니다. 하지만……."

뒷말은 말하지 않아도 뻔했다.

상태가 좋지 못했다. 방금 전까지만 하더라도 독에 중독되어 오늘내일하던 황후와 비슷해 보이는 상황이었다.

그를 생기 있게 만들어 주던 선천진기는 땅으로 꺼진 것처럼 사라졌다.

양민의 몸보다도 더 기운이 없어 보였다.

"……겨우 생겨나는 기운을 잡아먹는구려. 독이."

"하."

증상은 황후의 것과 완전히 같았다. 이대로라면 건드리기도 힘들 상황이었다.

"으으음……."

모두의 당황 속에서 정신을 차리지 못하던 황후의 손이 파르르 떨린다. 당장 정신은 차리지 못했어도 기미는 보였다.

여기서 가장 나은 선택은 뻔했다. 황녀가 그 선택을 했다.

"어서 의원들을 불러라! 어서!"

황후. 그리고 운현을 위해서 의원들이 들어오기 시작했다.

第十三章
생과 사

무려 황궁이다. 가장 먼저 챙기는 이는 자연 황후가 될 수밖에 없다.

온 의원들 중 팔 할이 황후에게 가서 붙었다. 진맥을 할 수 있는 자는 하나지만, 모두가 황후를 지켜본다.

식은땀을 잔뜩 흘리면서 몇 번이고 확인을 하더니, 믿을 수 없다는 듯 손을 벌벌 떨다가 결과를 확인한다.

'어떻게!'

믿기지 않는다는 놀라운 얼굴은 덤이었다.

"……회복하셨습니다!"

몇 번이고 확인을 했으니 틀릴 리가 없었다.

"으음……."

확진이 없다고 하더라도 황후의 안색은 좋아진 상태인 게 훤히 보였다. 다들 안도를 하는 상황.

문제는 나머지 이 할의 의원들이 가서 진단을 한 운현이었다.

"……그대로 옮겨간 거 같습니다."

"그게 말이 되는가? 다시 확인해 보게나. 아니 내가 확인을 해보지!"

여럿이 확인을 해보지만, 같은 결론이 내려진다. 믿기지 않지만, 모두가 같은 결론이 내려진다.

"……말이 안 되지 않는가. 그런데……."

"중독이라고밖에는 말 못 하겠구려. 그것도 황후전하의 것과 비슷합니다."

"허어."

병이 옮겨 갔다. 황후에게서 운현으로.

기사다. 지금까지 황후의 병은 전염병이 아니었음에도, 이번만은 전염병인 것처럼 옮겨갔다.

병의 성질이 변했나 싶으면 그것도 아니었다.

이런 강력한 독이 전염성을 가졌더라면, 이미 여기에 있는 자들이 모두 전염되고도 남았을 거다.

그런데도 운현에게 병이 옮겨갔으니, 기사랄 수밖에!

"어찌…… 해야 하는 건가."

"우선은 옮겨야겠습니다. 그 뒤는 뒤로 가서 생각해야 하지 않겠습니까."

"그래. 그래야겠구려."

의원들이 운현을 급히 옮길 채비를 하기 시작한다.

그 사이에 선 황녀는.

'……복잡하구나.'

복잡한 내심을 추스르고 있었다.

어머니인 황후가 치료되었음에 기뻐해야 할 상황이나, 그 치료를 행한 운현이 중독되어 쓰러졌으니 갈피를 잡기 어려웠다.

"……전하. 저희는……."

"가보도록 하게나."

그래도 최소의 이성은 있었다. 당기재가 다가와 물음에, 그들을 보내주는 황녀였다.

"어머니……."

복잡한 상황이 급변하고 있었다.

*　　*　　*

"으음……."

며칠 뒤. 조금씩 정신을 차리던 황후가 완전히 깨어났다. 오랜 기간 쓰러져 있었기에, 상태는 좋지 못하지만 눈조차 뜨지 못했던 전보다는 훨씬 나은 상황.

"어머니!"

쓰러진 운현을 보러 갈 때를 제외하고는, 항시 황후의 곁을 지키고 있던 황녀가 자신도 모르게 놀라 외친다.

"……어머니보다는 전하라고 해야 하지 않겠니? 후후."

"일어나면서부터 농이십니까."

"농이라도 할 힘이 있어 다행인 게지."

단아함과 현숙함이 공존하는 가운데, 황후는 전에 없이 여유로워 보였다.

황제를 제외하고 가장 윗자리에 있으면서도 언제나 여유를 잃지 않던 모습. 엄하게 자식들을 키우면서도 때로 부드럽게 대하던 황후의 그때 그 모습이었다.

황녀가 기억 속에서 언제나 그리던 모습이다.

"아아……."

실로 몇 년 만이던가.

자신도 모르게 또르르 눈물이 뚝하고 떨어진다.

황후가 조심스레 팔을 들어 황녀의 눈물을 닦아준다. 조심스럽게. 깨질 것 같은 유리구슬을 대하듯이.

자애로움이 가득 담긴 손길이었다.

"……어머니!"

"읏…… 그래. 그래."

자신도 모르게 흥분을 이기지 못하고 다가서서 안는 황녀. 어린아이처럼 안기는 황녀의 모습에는 진심으로 어머니를 그리워하는 마음이 담겨 있었다.

어머니여선가. 갑작스런 포옹에 힘겨움을 느끼다가도 꼭 하고 어린아이가 되어 버린 황녀를 안아주는 황후였다.

"이제 좀 괜찮아졌느냐?"

"못난 꼴을 보였습니다."

"아니다. 아니야. 얼마 만에 안아보는 것인지. 후후. 십 대가 되고서는 그런 일이 없었거늘. 좋았다."

얼굴이 발갛게 변해서는 푹 고개를 숙이는 황녀였다.

다시금 보이는 아이 같은 모습에 황후가 귀엽다는 듯 한참 황녀를 바라본다.

어머니의 표상이었다.

하지만 그 표상과 같은 표정이 변하는 건 금방이었다.

"시간이 얼마나 지났더냐? 그동안의 일은?"

"벌써부터 그런 일을 신경 쓰실 필요는……."

"아니다. 많이 늦지 않았더냐. 그 사이 일은 분명 있겠지. 말해 보거라."

"어머님이 쓰러지시고부터……."

황녀의 이야기가 조심스레 시작된다.

황후가 쓰러지고 있던 일들. 정치 이야기. 역병. 신의 운현. 의왕전의 상황. 황제를 위시하여 다른 고관대작들의 이야기까지.

때로는 신랄하게, 또 때로는 황녀의 자리에 있어야만 알 만한 그런 이야기보따리가 풀어진다.

그 이야기를 황후는 또박또박 기억해 나간다.

황궁의 꽃으로서의 황후가 아니라, 황궁 내부의 대소사를 책임지던 황후다운 눈이 되어서 정리를 한다.

이야기가 한참이 지나 끝이 났을 때.

"……공교로운 것들이 많구나. 황귀비는 어디로 갔더냐?"

"어머님이 일어나시기 전에, 불공을 드리러 화공사로 올라간다고."

화공사. 북경 가까이에 있는 사찰 중 하나였다. 불심 깊은 자들보다는 아름다운 풍경을 보러 움직이는 자들이 많은 곳이다.

그곳으로 황귀비가 움직인 것은 황후가 깨어나기 며칠 전의 일이다.

"그래. 그렇단 말이지……."

"무언가 짚이는 거라도 있으십니까? 아까도 말씀드렸듯 황귀비의 거처에 도통이 오고간 것이 파악되었습니다."

"있지. 없을 리가."

"그게 무엇입니까!"

묵직한 황후의 말에 황녀가 캐물어온다. 하지만 황후는 묵묵부답이다. 대답은 없었다. 그러다 한참.

"이 일은 이 어미와 함께 처리해야겠구나. 도와주겠느냐?"

"그것이 원하시는 일이라면 그리해야겠지요."

"모두를 잡아내려면 한 번에 해내야 하느니라. 경거망동해 봐야 몸통이 아닌 꼬리만 잡을 뿐이지. 자아, 움직여 보자꾸나."

침상에서만 누워 있는 황후. 그녀가 일어나 황녀와 함께 움직인다.

반격의 서막이었다.

*　*　*

늦은 밤. 그 밤까지도 일행은 잠에 들지 못했다.

황후가 일어나고, 폭풍전야와 같이 황궁이 조용한 상태.

그나마 황궁의 큰 근심이랄 수 있는 황후가 일어났기에 약간의 평화로움은 깃든 상태였다.

그런데도 일행은 마음 편히 쉴 수가 없었다. 걸리는 바가 있었기 때문이다.

"걱정이구려……. 아직도 소식이 없습니까?"

"여전하답니다. 다행이라면…… 의원들이 독인 걸 파악한 덕분에 더 상황이 악화되는 건 막고 있답니다."

"휴우."

운현이 걸렸다. 그가 쓰러져 있으니 일행으로서는 마음 편히 쉴 수가 없었다.

"어떻게 될는지……."

"아무런 일 없다는 듯 박차고 일어날 겁니다. 신의님은 본래 그런 분이지 않습니까."

"진심으로 그랬으면…… 으음……."

당기재의 귀가 쫑긋한다. 순간적으로 침묵이 만들어진다.

차악.

다른 이들의 손이 움직인다. 모두 검을 쥔다. 당기재는 어느샌가 품에 손을 넣고 있었다.

모두가 무기를 쥐었다.

"지금!"

가장 먼저 일어선 건 당기재. 그의 손이 움직인다. 손에서 무언가 쏟아져나간다. 암기다. 황궁 장인들의 도움을 받아 보충한 암기!

그 어느 때보다 날카롭게 벼려진 암기가 쏘아진 곳은 그들이 자리한 방의 끄트머리. 아무도 없는 듯했던 그곳에서.

"큿……!"

신음이 비어져 나온다.

'은신…….'

없던 인기척이 만들어진다. 보이지 않던 인형이 보인다. 극상의 은신술이 풀렸다. 당기재의 기감에 의해 깨어진 거다.

그게 시작이었다.

기다렸다는 듯 명학의 몸이 쏘아져 나간다. 암기에 당한 자의 혈을 짚는다.

그에 반응하듯 다른 이들도 속속들이 모습을 드러낸다. 들켜서가 아니다. 혈도를 짚는 명학의 빈틈을 노리는 거였다!

허나 그들은 차라리 도망치는 것을 택해야 했다. 들켰을 때부터 도망칠 생각부터 해야 했다.

슈아아악—

당기재가 끊임없이 날린 암기가, 가운데 있는 명학은 비껴가면서 그를 노리는 자들에게 날아가 꽂힌다.

그러고도 남는 자들은.

"……여기도 있다구."

뒤늦게 움직이기 시작한 남궁미의 검에 제압된다. 순식간이었다. 열이 넘는 인원이 금세 그들의 손에 제압당한다.

혈을 짚어 제압을 하고, 그도 안 되면 사지 중 하나라도 잘라 제압했다. 피가 튀어서 사방이 난장판이다.

그런 가운데에서도, 당기재는 멈추지 않았다. 이제 시작이라는 듯 몸에서는 열기를 잔뜩 뿜어내고 있었다.

'예상대로다.'

적은 암습이라 생각하고 온 것이겠지만, 일행은 처음부터 이들을 기다리고 있었다.

황후가 깨어났고, 상황이 급변하지 않았는가.

급변한 상황에서 황후를 그리 만들었던 자들의 몸이 달아오를 것은 당연한 이야기였다.

어떤 식으로든 공격을 하거나, 황후나 황녀를 노리고 흔들기를 시도할 것으로 보였다.

그리고 그 예상대로 적들은 어찌 보면 작금 황녀의 세력 중에서 가장 빈틈이라 할 수 있을 운현이 없는 일행을 치고 들어왔다.

그게 패착이었다.

하나씩 놓고 보면 운현만 못하더라도, 어디서든 기재 소리를 들어온 게 일행이다.

실전도, 수련도 같이 겪으며 성장까지 했다. 이런 일행을 노리고 들어온 것 자체가 멍청한 짓이었다.

순식간에 제압을 하고서, 그에 멈추지 않고 걸음을 옮기기 시작한다. 쉼 없이 상의를 한다.

"이게 시작일 겁니다. 예상대로 저희를 노리는 게 가장 처음."

"그 다음은 동창이겠지!"

"그럴 겁니다. 가지요."

*　　*　　*

벼락같은 호통이 울려 퍼진다. 늦은 밤, 새벽을 달려가는 시간. 송상후를 포함한 동창의 무사들을 공격하는 손길이 있었다.

"노오오옴! 같은 황궁 사람끼리! 검을 들이대다니!"

"……흣. 씨 없는 놈들하고 같은 황궁 사람이라니. 어서 죽기나 하지!"

송상후의 말에 답하는 이들은 예라고는 찾아볼 수 없었다.

씨가 없다니. 동창에 속해 있으나, 환관은 아닌 송상후로서는 억울할 말이었다. 하지만 그 말의 내용보다 송상후는 다른 것에 집중했다.

"네놈들은 황궁의 무사가 아니구나. 다른 곳에서 왔어!"

"……킥. 그럴지도 모르지."

"갈! 헛소리는 자제해라."

같은 무사들 중 하나가, 킥킥대고 있는 무사의 입을 막는다. 경거망동을 꾸짖은 게다. 하지만 경거망동한 그 무사는 입을 멈추지 않았다.

"어차피 죽을 자들 아닌가. 이 정도쯤은 알고 죽는 게 덜 억울……."

그가 재미있다는 듯 계속해서 이죽이려는 찰나.

"죽는 쪽은 네놈들 쪽이 되겠지."

"……컥."

그의 등 뒤에서 비수를 찌르는 자가 있었다. 비수는 정확히 폐를 찌르고 들어갔다. 이죽이던 자의 폐가 순식간에 피로 차오른다.

"극……그륵……."

폐가 꿰뚫리는 고통이란!

하지만 그의 고통보다도, 등 뒤에서 비수를 찌른 자에게 집중을 하는 송상후였다.

"당 소협!"

"늦었습니다. 그나저나, 황궁 무사도 아니고 다른 이가 이곳에 발을 디디다니요? 황궁이 너무 쉽게 뚫린 것 아닙니까."

당기재의 물음에 대답을 할 틈은 없는 송기재였다.

"핫! 저쪽에서 일을 벌여서겠지. 그러니 어서!"

"젠장! 죽여!"

"말 안 해도 이해는 했습니다! 읏차!"

기습을 허용한 것에 분노가 치밀어 오른 듯, 황궁 무사 행세를 하고 있던 자들은 본격적으로 살기를 드러냈다.

고오오—

가진바 내공이 대단한 듯 주변이 그들의 기의 울림에 흔들릴 정도였다. 실로 어마어마한 내공!

하지만 일행에게 있어서는 익숙한 내공이기도 했다.

"역시 암화!"

암화로 보였다.

'아니 또 비슷하면서 다른데…… 대체 어디서 솟은 놈들인지.'

그러면서도 당기재의 기감에 느껴지기로 조금은 또 달랐다. 하남에 있었던 자들과 다른 성질을 가지고 있었다.

이자들은 하남에 있던 암화들에 비해서 좀 더 묵직한 내력을 가지고 있었다.

하남에 있던 자들의 내력이 음습하고 질척이는 내력이었다면, 이들의 내공은 정종의 것에 가까웠다.

비슷하면서 다른 내공이었다.

하기는 그게 중요한 것은 아니지 않겠는가.

암화라는 말에 움찔하다가,

"……아는 것이 많구나. 하기는 어차피 반은 드러났으니! 쳐라!"

이내 생사결이라도 벌이겠다는 듯 달려들기 시작하는 저 자들을 처리하는 것이 먼저였다.

"죽여!"

"그쪽들이야말로!"

서로가 죽고 죽이는 사투가 벌어진다.

* * *

"크아아아악!"

암기가 쏘아진다. 누군가의 목이 꿰뚫린다. 독에 중독된 듯 몸을 부들부들 떤다.

'……무량수불.'

도인이라도 된 듯, 스승이 자주 말하던 진언을 외우면서 검을 휘두르는 자도 있었다. 명학이었다.

"하앗!"

또 누군가는 하늘을 담은 검을 휘두르며 자신을 공격하는 자들을 조각낸다.

일행은 활약하고 있었다. 하지만 항시 적들을 밀어붙이지만은 못하고 있었다. 저쪽도 생사를 걸고 덤벼들고 있었다.

"아아악!"

아군인 동창 무사들의 비명 소리가 곳곳에서 난다.

어떻게 협조를 얻었는지 몰라도, 황궁에 숨어든 암화의 숫자는 꽤 됐다.

'대체 황궁에서 뭘 얻으려고 이러는 건지!'

무림이라면 몰라도 황궁이지 않은가. 그런 황궁에 반감을 사봐야 손해만 있을진대, 이들은 황궁을 상대로 일을 벌였다.

이해를 할 수 없는 모습이었다.

하지만 지금은 이해보다는 살기가 먼저였다.

서로가 손속에 사정을 두지 않는다. 검을 휘두르고 또 누군가는 희귀병기인 겸을 휘저어 가며 달려든다.

"우아아아아악!"

외공을 전문적으로 익힌 듯 몸 자체를 무기로 삼아서 달려드는 자도 있었다. 그래 보아야.

"……하아압!"

검강을 형성해 낸 명학의 검에 반토막이 날 뿐이었다.

"경지가 오른 거요?"

옆에 자리를 잡고 선 당기재의 물음에.

“아직. 흉내지.”

“하…… 괴물 같은 형제들 같으니라고.”

별거 아니라는 듯 묵묵하니 답을 하며, 쏘아져 나가는 명학이었다.

그런 명학을 보며 고개를 설레설레 저은 당기재도 손을 휘저어 암기를 날려대기 시작한다.

정면은 명학이! 좌우는 당기재의 암기가!

“아악.”

“……그륵.”

모든 것을 휩쓸어 간다. 흡사 주변을 모두 갈아 넣는 분쇄기와 같은 움직임이었다.

그 가운데에서 그 둘의 뒤를 지키는 것은.

“……이쪽도 있어.”

남궁미였다. 하늘을 닮기 시작하는 그녀의 검은, 모든 것을 포용하는 진짜 하늘이라도 된 듯 두 일행의 뒤 전체를 보호함에 전혀 부족함이 없었다.

사투가 본격적으로 바뀌어 간다.

*　　*　　*

끝이 났다.

길어질 것 같았던 사투도.

"반역도라 봐도 됩니다. 쓸어버리세요."

기다렸다는 듯 모습을 드러낸 황녀의 서슬 퍼런 명령에 모두가 쓸려간다.

어디서 데려온 것일까. 황녀와 함께 모습을 드러낸 이들은 동창의 무사도 황궁의 무사도 아니었다. 동창이나 황궁의 무사들이 가진 복식은 분명 아니었으니 확실하다.

대신에 몸에 절도가 배 있었다. 오래전부터 단련을 해 온 듯 몸조차 단단해 보이기 그지없었다.

그 정체.

"……북경수비대이지 않은가!"

눈썰미가 좋은 송상후가 바로 읽었다.

황녀가 데려온 자들은 북경의 수비를 맡은 수비대였다.

반란이 일어나면 유사시에 북경 전체를 수비를 맡기로 한 수비대지만, 전시가 아닐 시에는 황궁에 들어오지 않는 자들이 이들이었다.

병적으로 반란을 싫어하는 황제는, 또 다른 무력 세력이라 할 수 있는 수비대가 쉬이 황궁에 들어오는 걸 허락지 않았다.

그런데 들어왔다. 그것도 황녀와 함께. 황녀지만 주아민은 아니었다. 그녀의 언니 주아소였다.

준비를 해야겠다며 움직이던 그녀. 몇 번 황궁을 벗어나는 게 다였던 그녀가 수비대를 이끌고 온 것이다!

그것도 딱 알맞은 시간에!

"크아아아악!"

"도, 도망을……."

"어딜!"

찾아왔던 자들. 암화. 그들이 순식간에 썰려나간다.

평소 황궁의 호위 무사들보다 아랫줄로 평가를 받곤 하는 북경 수비대지만, 이들은 정예다.

어지간한 황궁 무사들보다도 강한 자들도 있었다.

그런 정예가 단체로 왔으니, 천하의 암화라고 하더라도 단숨에 쓸리는 것은 일도 아니었다.

암화로서는 바깥으로는 북경수비대가. 안쪽으로는 일행과 송상후를 위시한 동창의 무사들이 덤벼들고 있는 셈이었다.

앞뒤도 다 적인데 버틸 수 있을 리가!

순식간에 모두가 썰려 나가 남은 것은 소수. 남은 소수의 암화들도 사지가 멀쩡한 자는 없었다.

폐가 꿰뚫리거나, 내장을 드러낸 자들도 수두룩했다.

그들이 가진 내공. 같은 암화를 잡아먹고 만들어졌을, 내공이 그들의 질긴 생명을 이어주고 있었다.

다는 아니어도 거의 정리됐다 할 수 있는 상황.

송상후가 가장 먼저 예를 올린다.

"전하를 뵙사옵니다."

그 예를 가만 서서 자연스레 받는 황녀 주아소가 있었다.

第十四章
반군인가

"상황이 상황이니 예를 거두게나."

"예!"

과연 주아민의 언니였다. 두문불출하고만 있던 그녀는 사람을 부릴 줄을 알았다.

피 칠갑을 한 송상후와 그 일행에게 바로 명령을 내렸다.

"이곳이 이제 시작일 뿐이니. 어서 움직이도록 하게나."

"폐하께 가면 되는 것입니까."

방향을 잡아달라고 말을 하니.

"다행인지 아닌지, 황제 폐하를 노리지는 않았네. 이해는 가지 않네만……. 보고가 있는 방향으로 간 듯하네."

"황궁 보고!"

"또 일부는 의왕전으로 갔다고 하니, 어서 움직이게! 자네들은 의왕전으로 가게나!"

"이런!"

"명을 받드옵니다!"

이건 통상적인 역모가 아니었다.

역모를 일으킨다고 하면 황제를 노렸어야 했다. 그리고 역모를 일으킬 만한 이유가 있어야 했다. 역모 후에 황제에 자리에 앉을 자가 있었어야 했다.

작금의 황제 또한 그런 방식으로 황제의 자리에 올랐다. 전대의 황제가 제대로 힘을 갖추지 못했기에 가능했던 일이었다.

하지만 지금 이곳에 쳐들어온 자 중에서는 그런 자가 없었다.

황제의 멱을 따겠다고 움직이는 자가 단 한 명도 보이지 않았다.

원한이라도 있는 듯 일행과 동창의 무사들을 노렸다. 황제가 아닌 마치 그들이 목적인 것처럼.

그로도 모자라 황제에 처소에 달려가기보다는 다른 곳으로 갔다고 한다.

황궁의 보고. 황궁 안의 모든 보물들이 숨겨져 있는 곳을 향해 대다수의 암화로 추정되는 무인들이 달려갔단다.

그리고 그중 일부는 의왕전으로 갔다고 하니!

황궁의 입장에서는 황제를 노리지 않으니 황제를 보호하는 것이 수월한 상황이나.

"어서! 어서 가야 합니다!"

"이쪽으로!"

"……."

일행의 입장에서는 갑작스레 발등에 불이 떨어진 상황이었다.

"위험할 겁니다! 제갈 소저도!"

당기재의 외침과 함께 속도를 높이기 시작하는 일행이었다.

의왕전으로 가는 길은 그 어느 때보다 멀게만 느껴지고 있었다.

*　*　*

'많아…….'

검을 뽑아 휘두른다.

진법처럼 규칙적으로. 허나 상대가 예상하지 못하는 자유로우면서도 규칙적인 모습으로 검을 휘둘러간다.

우우웅—

검을 휘두르는 제갈소화의 아름다움만큼이나, 휘둘러지는 검의 선도 아름답기만 했다.

그 검의 울음에.

"……큿."

"뚫어라! 뚫어!"

암화의 발걸음이 잦아들었다.

제갈소화. 그녀를 위시하여 무공을 익히고 있는 의원 몇. 의왕전의 무사들이 적들의 걸음을 멈추는 데 성공했다. 허나 아주 잠시였다.

'운이 좋다 해야 할까.'

넓지 않은 복도. 약간의 진법. 제갈소화가 임시로 지휘하고 있는 방진.

이 셋의 조화 덕분으로 암화의 발길을 막는 데는 성공했으나, 더 오래 막기는 어려운 일이었다.

당장이야 이곳의 길에 막혀서 전진하지 못하는 암화지만.

'다른 길이 있어.'

그들이 이 방향이 아닌 다른 방향으로 움직이기 시작하면 이곳에 있는 의왕전 사람들도 흩어져야 했다.

모두 모여서 막는 것도 힘든 판국에 흩어져서 막는 것은 더 어려워질 수밖에 없다. 아니 불가능하다.

하지만 현재로서는 이게 최선.

"좌로 둘. 우로 하나. 검세는 상으로."

"예!"

최선을 다하며 막아간다.

'어서 와요.'

다른 일행들이 오기를 기원하며!

* * *

상황은 악화일로를 걷기 시작했다.

"지치고 있다! 어서 뚫어!"

의왕전을 지키는 자들은 황궁 사람들을 지키는 자들에 비해서 무력이 떨어지는 자들일 수밖에 없었다.

어렵사리 막고는 있지만 점차 지쳐 갔다. 거기다 암화에서 온 이들도 완전히 바보만은 아닌 터.

"다른 방향을 찾았답니다."

"그럼 그곳으로도 보낸다!"

"명!"

절대로 알지 못했으면 했을 다른 길을 찾아내는 데 성공했다.

'하…….'

암화의 일부가 뒤로 돌아 움직이기 시작한다. 제갈소화의 마음에 절망이 가득 차오르기 시작한다.

'신의님…….'

저쪽의 방향으로 가게 되면 신의가 있는 방향이다.

애당초 이들 암화가 노리고 있는 것은 뻔히 예상되는 상황이지 않은가.

그들의 걸림돌. 무슨 일을 하든 사사건건 방해를 하곤 하는 운현. 그를 이참에 노리고 온 것이 분명하다.

보통의 상황이라면 저들을 쉬이 막아낼 수 있을 운현이나, 지금은 독에 중독되어 완전히 쓰러져 있는 상태!

그를 죽이기에는 딱 좋은 상황이었다.

'어서. 어서!'

그걸 알기에 제갈소화의 몸이 다급해진다. 검이 더 빠르게 휘둘러진다.

급할수록 다급함은 독이 될 수 있음을 알 그녀인데도, 신의에 관련된 일이기에 이성을 지키기 힘들었다.

"어서 움직여요!"

재촉을 더하고, 무리를 시킨다. 하지만 암화도 바보는 아니었다.

"잡아두기만 하면 돼! 잡아두면!"

"차륜전으로!"

그들은 일부를 뒤로 돌리고 남은 이들로 이곳을 막고 있는 자들을 상대하기로 결정했다.

'아아…….'

절망이 더욱 커진다. 암울함으로.

일생일대의 위기가 찾아왔다.

*　　*　　*

"저긴가!"

"아닙니다!"

뒤로 돌아선 소수의 암화 인원들. 그들은 의왕전을 뒤지고 다니기 시작했다. 제갈소화의 생각대로 그들이 노리는 자는 운현이었다.

황궁에서 그들이 목표로 하는 '그것' 을 노리고 동시에, 운현을 노리는 것이 그들의 목적이었다.

"그것은 찾았다고 하더냐?"

"아직 소식은 안 들어왔습니다. 하지만 곧 찾지 않겠습니까."

"크흐흐. 신천지가 새로이 열리겠구나. 좋구나. 좋아. 우리의 목숨은 대의를 위해서 사라지더라도 괜찮을지니……."

"……예. 대의를 위하여!"

알 수 없는 말을 외친다. 눈이 벌게져선, 광신도처럼 의왕전을 뒤지기 시작한다. 운현의 목숨을 노리고서!

* * *

누워서도 목숨의 노림을 받고 있는 운현은.

'……큰일이로군.'

생에 다시없을 위기감을 느끼고 있었다.

시각을 제외하고는 모든 오감이 생생했다. 시각마저도 기감이 보충을 해주는 터라 약간의 불편함밖에 없을 정도다.

사라진 건 하나다. 기운.

황후도 운현과 비슷한 상태였을 거다.

'답답하다 못해 미칠 정도야.'

오감은 살아 있으나 움직이지 못하는 것. 자기 자신을 제대로 통제치 못하는 건 공포다.

운현도 잠시간 겁을 먹었을 정도. 하지만 그 뒤로는 의원이 천직이니만큼 자신의 몸 상태를 놓고 관조했다.

'역시 계속해서 잡아먹고 있다.

황후의 몸으로부터 옮겨 온 생독이 자신의 선천진기를 잡아먹고 있을 뿐이었다.

생독. 그 하나만을 제외하고는 몸 안에 기운이 없는 듯하다. 모두 비어 있는 느낌이다.

'이런 느낌은 처음인가…….'

어린 시절. 내공이 없을 적에도 생기가 도는 느낌이었다. 어린아이 특유의 활발한 기가 있었다.

하지만 지금은 생독이 모든 것을 잡아먹는바. 살아 있는 시체가 되어 있는 느낌이다.

살아 움직이는 시체인 강시가 의식을 가지고 있다면 이런 느낌이 아닐까 싶었다. 다만 몸을 움직이지 못 한다는 점이 다르지만.

그런데 위협은 느껴진다. 이때만큼은 예리한 기감이 원망스러울 정도다. 자신을 향해 다가오는 죽음이 생생하게 느껴지는 듯하다.

움직이지도, 손끝 하나 까딱하지도 못하는 상황에, 적들은 자신을 에워싸고 죽이러 오는 것이 느껴진다.

한 걸음. 한 걸음.

적들이 다가올 때마다 심장은 쿵쾅대며 뛰는 느낌이다. 저항할 수 없는 가운데 다가오는 적은 살아 있는 공포다. 그 무엇보다 강한!

'하…… 어렵군. 어려워.'

살아 있는 시체인 상황에서 목숨을 잃을 만한 위협이라니!

쉽게 산 적은 없으나, 이번만큼은 얄궂다. 이런 식으로 위기가 발생한 적은 또 없다.

그럼에도 살아야 한다. 이렇게 허무하게 스러지려 살아온 인생이 아니었다. 그러기엔 달려온 길이 험했다. 해야 할 것이 많다.

전생에서부터 지금에 이르기까지.

명의라는 꿈을 지키기 위해 살아왔고, 가족을 지켜 왔고. 의방을 만들어 그 안에 있는 자들을 지켜왔다.

그리고 지켜야 했다.

아직 모든 것이 끝나지 않았다. 이것으로 끝내기에는 너무 허무하지 않은가.

'다시 한번…….'

허무하게 전생처럼 끝내고 싶지는 않았다. 제대로 마무리를 지어야 했다. 끝을 이렇게 보내고 싶지 않다.

쓰러져서는 안 됐다. 아니, 쓰러진 이 상태에서 일어나야 했다. 몸을 다시 되돌려야 했다.

'어떻게?'

방법은 계속해서 생각해 뒀다.

오감은 유지되고, 몸은 움직이지 못하는 미친 상황. 이성을 잃을 수도 있을 상황이다. 그 상황에서 운현은 끊임없이 생각했다.

얄궂은 삶에 자조는 할지언정 포기라는 단어는 생각지도 않던 운현이었다.

많고 많은 방법들이 떠올랐었다.

선천진기를 폭주시키는 것. 생독을 피해서 몰래 독을 모아보는 것. 독공을 응용하여 생독을 조종해 보는 것.

오감이 유지되는 내내 많은 것들을 생각해 왔다.

허나 그 무엇도 확실한 수는 없었다. 확률이 완벽하다고 할 수 없었다. 그렇기에 좀 더 나은 수를 생각하며 오감만 유지되는 그 상태로 머물러 있었다.

헌데 이제는 선택을 할 때가 왔다.

'어쩔 수 없나.'

도박의 수.

지금까지의 경험을 모두 쏟아 부어도 과연 성공할지 알 수 없는 수였다. 하지만.

'……성공한다면 살 수도 있을지 모르지.'

성공만 한다면 일단 살 확률은 가장 높았다. 다른 것들은 설사 성공을 한다 해도 바로 몸을 움직이기 힘들 수도 있었다.

그럼 결국 선택은 정해져 있는 것이 아닌가?

'해야지.'

목숨을 살리기 위해서 목숨을 걸어야 하는 상황이었다.

*　*　*

단전에 기운은? 없다. 있으면 이 꼴이 되지도 않았다.

하지만 모든 기운이 사라진 건 아니다. 생독에 모든 기운이 먹혔더라면.

'이미 죽었겠지.'

운현은 의식 있는 송장이 아니라, 정말로 죽음을 맞이했을 거다. 어딘가에서 새로운 삶을 다시금 시작했을지도 모를 일이다.

하지만 지금은 살아 있다.

생각할 수 있고, 또한 의식이 있다. 기운이 남아 있다는 소리다.

생독으로서 운현의 내공은 천하의 진미!

새로운 숙주가 되어 버린 운현을 죽게 둘 수는 없기에 황후에게 그러했던 것처럼 독은 하나의 기운만은 남겼다.

아니 정확히는 자신이 흡수하기 힘든 기운들만은 남겼다. 이를테면.

'……중단전. 그리고 진짜 선천진기.'

놈이 먹기 힘들 기운들은 분명 남아 있다. 생명을 유지하는 기운이기도 하고. 이 기운들은.

'중단전만 하더라도 조종하기 힘들지.'

깨달음을 필요로 했다.

자신의 몸에 있는 기운이나 의식적으로 조종하기는 힘든 기운이었다.

본디 내공 자체가 그러했다. 평범한 사람이 무공이라는 도움이 없이는 내공을 조종하는 건 불가능에 가까운 일이지 않은가.

평생 내공 한 번 쌓아 보지 못하고, 사용도 못 하며 죽는 자들이 수두룩하다.

결국 무공이라고 하는 건 내공을 사용할 수 있도록 만들어주는 도구. 그리고 그런 내공을 통하여 자신들이 원하는 바를 실행케 해주는 도구다.

도가는 도가의 도를! 불법은 불법을 수행키 위한 도를!

사파는 사파인의 끝없는 본능으로, 마공은 그들의 본성에 새겨져 있는 마를 실행케 해주는 것이 결국 무공이다!

'그것이 본질!'

운현은 그 내공이라고 하는 걸 사람을 살리기 위해서 사용해 왔다.

무인이면서 의원이기에 죽이는 것보다는 살림에 치우쳐 있는 게 운현의 무공 사용 방식이었다.

그리고 그 사용방식을.

'이제는 극한으로 가야겠지. 되든 안 되든.'

자신을 살리기 위해서 사용해야 할 때다.

중단전을 느낀다.

모든 기운이 하단전에서 사라진 상태. 생독에 먹혀 오감은 강화되었고, 몸은 움직일 수 없는 상태기에 되려.

'느껴진다. 그 어느 때보다 확실하게.'

평소라면 느껴지지 않았을 중단전의 존재가 느껴진다.

우습기도 했다. 암화의 함정에 빠져 동굴에 갇혀 있던 그 때. 작은 깨달음을 얻고 자기 자신을 관조하던 그때 중단전의 존재를 흐릿하게 인식했다.

그것이 화경으로 가는 길이라는 것을 얼핏 알게 됐었다.

하지만 한참 남아 있을 거라 생각했다. 이제 막 중단전이 흐릿하게 느껴지는 상황이었으니까.

헌데 생독에 전염되기 이전에는 느껴지지 않던 중단전이 중독이 된 지금에서는 확실하게 느껴질 줄이야!

'웃기는 일이지.'

우습기만 하지만, 그렇기에 사용할 수 있는 방법이다.

화경의 경지에 이르러서야 느껴지는 중단전이 독에 중독돼서야 느껴지고. 또한 그것에 쌓여 있는 기운을.

'……격발.'

그대로 터트린다.

하단전에 있던 이 갑자가 넘는 기운에 비하면 한없이 부족하기만 한 미미한 중단전의 기운.

그 기운들을 건드린다.

자신의 의지로, 오감과 기감으로!

깨달음에 도달하지 못했음에도 억지로 건드린다.

"큿……."

생독의 기운에 말 한마디 못 내뱉던 운현의 입새로 신음이 비어져 나온다. 운현의 의지가 아닌 몸 그 자체가 뱉어내는 신음이었다.

운현의 오감으로 어마어마한 고통이 느껴진다.

깨달음이 없음에도, 중단전의 기운을 건드린다는 것!

위험할 수밖에 없는 짓이다. 아니 목숨을 건다고 할 수 있는 짓이었다!

보통의 무인이 이런 짓을 했다면 당장에 기혈이 터졌을 거다. 몸 안에 있던 기운들 전체가 폭주를 했을 거다.

전신의 세맥이 터지고 혈이 터져들어 가며, 당장에 폐인이 됐을 거다.

주화입마 수준을 뛰어넘어서 죽음에 이르렀겠지!

하지만 지금의 운현은.

'……기운이 없지. 큭.'

우습게도 생독이 모든 기운을 잡아먹었다.

상위의 기운이랄 수 있는 중단전의 기운, 자신의 숙주로서 살아 있어야 할 운현에게 남아 있는 선천진기를 제외하곤 모든 기운을 먹었다!

중단전을 건드렸다고 해서 폭주할 내공은 온데간데없었다!

그오오오오—

그저 운현의 몸 안에 있는 생독의 기운을 괴롭힐 뿐이었다.

남아 있는 기운이라고는 운현의 모든 기운을 잡아먹은 살아 있는 생물 같은 생독밖에는 더 없으니까!

운현은 이걸 노렸다.

'더! 더! 더!'

계속해서 중단전을 자극했다. 자극하고 또 자극하여 몸 안에 남아 있는 유일한 기운. 생독을 건드리도록 요구했다.

이건 미친 도박이었다.

자신의 몸을 걸고 한 도박이며, 그동안 쌓아온 지식과 경험이 없으면 할 수 없는 도박이기도 했다.

보통 무인이라면 이런 짓을 생각도 하지 못했을 게다!

그런 짓을 잘도 벌였다.

'더!'

그오—

생독이 박동한다.

더! 더!

오감도 없는 주제에 고통을 느끼는 듯 생독이 발악을 하기 시작한다.

더어! 어서 더 움직이란 말이다!

운현이 중단전을 꽉 짓누르듯 자극하는 그 순간!

그오오오오오오오—!

온몸 안에 있는 생독이 날뛴다. 동시에 억압되어 있던 그의 하단전이 일어났다.

스으으으으—

기다렸다는 듯 대기의 기운을 하단전이 빨아들이기 시작한다. 그동안 축기를 하지 못한 게 아쉽다는 듯이 그 어느 때보다 빠른 속도로 기운을 모은다.

처음 내공 심법을 쌓을 때 그러하듯이, 빠른 속도로 기운이 모여들기 시작한다. 주변 대기가 흔들릴 정도다.

그오—

기다렸다는 듯 몸 안의 생독이 발악을 시작한다.

하단전이 새로이 축기한 기운을 빨아들여, 중단전의 공격을 이겨내겠다는 듯이 애써 축기한 기운을 잡아먹는다.

와즉— 하고 잡아먹는 소리가 나는 듯하다.

하지만 이 또한 운현이 노렸던 바다.

그어어.

생독이 발악하기 시작한다. 중단전에 대항하겠다는 듯.

'먹어라. 먹을 테면 완전히 먹어!'

운현은 중단전을 계속해서 자극했다.

끊임없이! 계속!

第十五章
진일보(進一步)!

자극을 받은 중단전의 기운이 커진다.

축기와는 다른 방식이었다. 하단전의 기운과는 달리 중단전은 쉬이 축기가 되지 않는다.

하단전은 육체의 단련이 곧 축기라면, 중단전은 깨달음과 그에 맞는 정신이 이어져야만 축기가 가능하다.

중단전은 열림으로써 그 효용을 다한다.

굳이 축기가 필요하다기보다는 깨달음만 있다면 언제든 힘이 되어 주는 것이 중단전이었다.

그렇기에 하단전과 달랐고 특수했다.

'……상단전은 감도 안 잡히지만.'

운현이 깨달음을 얻은 중단전이란 건 그러했다.

깨달음이 곧 축기와 다름없는 중단전. 미세한 기운이나 조금만 섞여도 하단전의 기운을 능가하는 중단전의 기운을 운현은 제대로 이용하기 시작했다.

중단전을 자극하여, 생독을 건드린다.

중단전에 자극당한 생독이 움찔거리며 힘이 빠질 때마다 하단전은 기다렸다는 듯 축기를 하여 기운을 모으는 것을 반복했다.

중단전, 생독, 하단전!

이 셋이 불규칙한 가운데에서 끊임없이 서로를 자극하고 움직이기 시작했다.

그러다 어느 순간.

그오오—

계속해서 하단전에 새로이 쌓인 기운을 잡아먹던 생독. 끊임없이 기운을 빨아들여 덩치를 키우기 시작한 생독이 움직이기 시작했다.

하단전? 아니었다. 자신이 전혀 넘보지도 못하던 상위의 것!

중단전을 향해서 덤벼들기 시작했다!

'기다렸던 바다!'

계속해서 공격을 받던 중단전이 생독에 공격을 받는 상황이다.

끊임없이 공격만 하던 상황에서 이제는 수비를 해야 하는 상황이었다. 몸을 부풀린 생독은 그 어느 때보다 지독하게 중단전을 노려왔다.

지금까지 자신이 당한 것이 억울하다는 듯이!

하지만 이는 운현이 기다렸던 상황이다. 하단전에 머무르고 있던 생독이 중단전을 공격하기 위해서 움직이는 그 순간.

스아아아—

하단전의 기운들이 점차 살아나기 시작했다.

아니 정확히는 다시 생성되기 시작했다. 그동안 생독에만 먹혔던 기운들의 빈 자리를 다시 새로운 자연진기가 와서 채우기 시작했다.

이전과는 달랐다.

이전에는 이미 있는 내공을 운기조식을 통해서 조금씩 채우는 느낌이었더라면, 지금은.

생독에 의해서 빈 호수와 같은 하단전 안에 완전히 새로운 기운을 채우는 느낌이었다.

"아아……."

운현의 몸이 자신도 모르게 환희를 내뱉을 정도로 크고 정순한 기운들이 운현의 하단전에 빨려온다.

그어.

중단전을 향하던 생독이 멈칫한다.

하단전의 움직임이 심상치 않은 것을 깨달은 게다.

기다렸다는 듯 채워지는 하단전의 진기는 더 이상 생독에 잡아먹히지 않겠다는 듯 어마어마한 기운이 순식간에 만들어지고 있었다.

그어.

생독이 아래로 다시 내려가려고 한다. 하지만.

'안 되지.'

그때를 노려 운현이 중단전을 자극했다.

하단전에 내공이 차올라 위험할 상황이지만, 이미 여러 번 중단전을 자극했던 운현이다.

내공이 있었다면 몸 전체의 혈맥이 폭발할 만한 자극이었지만, 이제는 아니었다.

생독에 고통을 주면서 중단전을 쉼 없이, 계속해서 자극했던 운현이다!

자극을 어찌 줘야 할지 안다. 중단전을 어찌 다뤄야 할지를 생독을 제물로 바쳐서 알아냈다.

극적인 깨달음은 없으나, 지속된 반복이 새로이 앞으로 나가는 깨달음이 되어 줬다.

'결국 중단전이라고 하는 건…….'

중단전을 어찌 조종을 해야 할지를 깨달았다.

깨달음이 녹아들었다.

그 녹아듦이 새로운 일보(一步)가 됐다.

하단전만을 다룰 줄 알던 무인이, 중단전을 다루게 된다는 것은.

'……결국 새로운 경지지.'

고오오오오―

새로운 경지를 향한 진일보가 된다. 그 일보는 전과는 다른 일보였다.

초절정과 화경의 사이. 절대의 고수라 칭해지는 자의 경계를 향한 일보였다.

화아아아악!

하단전에 있던 운현의 내공이 격발된다.

중단전을 자극해서? 아니었다. 생독이 달려들어서? 그건 더더욱 아니었다!

단지 깨달음을 얻어서일 뿐이었다.

그어!

괴물이 울부짖는 듯 생독이 날뛰기 시작한다. 하지만 아래도 위도 운현의 기운으로 가득 찼다.

깨달음이 곧 내공인 중단전은, 운현이 진일보하는 순간 완전히 운현의 것이 되었다. 자연지기들이 자연스레 차올라서 운현의 것으로 화했다.

하단전에 있던 선천진기와는 다른 또 다른, 더 밀집된 선천진기가 됐다.

보다 상위의 것이었다!

하단전이라 해서 부족한 것은 아니었다.

계속해서 생독에 당하며 비워지던 하단전은 전에 비해 더욱 굳건해졌다.

비 온 뒤에 땅 위가 굳듯! 생독을 상대로 버티고 또 버티던 하단전은 더욱 엉김이 강해졌다. 그건 곧 내공의 증가로 이어졌다!

중단전의 강력한 내공! 하단전의 어마어마한 내공이 동시에!

그오오—

괴물이라도 되는 듯 꿈틀거리는 생독을 향해서 쏟아진다.

'됐어!'

운현의 도박이 먹혔다. 곧 생독은 사그라들 듯했다. 완전히 사라져 그 생명의 불이 꺼질듯했다.

그런데?

그어어.

살고자 하는 독. 살아 있는 생독은 살고 싶어 했다. 그 무었보다 강렬하게 삶을 갈구했다. 그 갈구함이.

'어?'

운현이 생각지도 못하는 현상을 만들어냈다.

중단전과 하단전. 그 어마어마한 내공. 새로이 얻은 깨달음으로 말미암아 소멸되어야 할 생독이!

운현의 것에 녹아들었다.

그리고 동시에 기다렸다는 듯.

와드드득—

운현의 몸에 변화들이 일어났다.

*　　*　　*

"어서! 어서!"

암화의 무사들은 신이 났다. 의왕전에 있는 무인들은 소수. 그나마도 자신들이 발을 묶어 놓았다.

여기서 운현만 친다면. 그를 죽일 수만 있다면!

'대의에 좀 더 다가선다.'

마치 하늘에서 시키기라도 한 듯, 온갖 일에 엮이며 그들의 행사를 막아 온 운현을 죽이면 모든 것이 수월해질 듯했다.

실제로 그러할 거다.

마치 상극인 것처럼 운현은 그들을 막아왔다. 그 상극을 없애기만 한다면, 상극이 없는 암화는.

'족쇄가 풀린다.'

이번에 얻은 그것과 함께 날아오를 수 있으리라!

준비는 계속되어 왔고, 이제 막 완성되어 가고 있다. 운현을 죽임으로써 백미를 완성할 수 있다.

"찾았습니다!"

"거긴가!"

의왕전을 뒤지던 무인들 모두 그곳을 향해 뛰어나간다.

두근. 두근. 두근.

심장이 요동치듯 뛴다. 잡았다. 거의 다 잡았다. 이번만큼은 운현이라도 빠져나가지 못하리라.

헌데 안에 들어선 그들은 전부가 멈춰 있었다. 아니 굳어 있었다.

"무슨 일인가."

"사, 상태가……."

운현의 몸이 펄떡이고 있었다. 우드득 소리를 내며 신체가 뒤틀리고 있었다.

'저렇게 되나?'

그들이 쏟아낸 독은 암화의 주인도 어렵사리 만들어 낸 독의 정화라 들었다.

그 정화로부터 역병을 만들어 냈고, 황궁 의원들도 치료를 하지 못하는 독을 만들었다.

그들로서도 미지의 독이나 다름없었다.

저런 현상을 일으키는 것은 처음 보았으나, 생각지도 못한 현상이 일어나는 거야 흔히 있는 일이었다.

"독에 중독됐으니 그러하겠지! 상태를 보러 온 것도 아니다. 어서 죽여!"

"……그, 그게!"

대체 왜들 이러는가.

그간 운현에게 당한 것이 있어 발이 떨어지지 않는 건가? 이 영광스러운 일에? 겁이라도 먹은 듯했다.

'그렇다면…….'

자신이 하면 됐다.

어차피 곧 황궁의 다른 무사들이 들이닥칠 거다.

자신들은 죽기로 되어 있었다. 피할 수 없는 죽음이다. 그런 죽음이라면 숙적과 같이 죽는 것도 꽤 영광스럽지 않는가.

'간다.'

걸음을 옮긴다. 안으로. 그런데.

"억?"

몸이 더 가지를 못한다. 의지는 가라 말하는데 몸이 멈췄다. 말을 듣지 않는다.

'중독?'

독이 퍼져 있는가 싶었다. 혹시 몰라 피독주는 챙겨 왔다. 헌데 작동을 하지 않는다.

'이래서였나.'

모두가 움직이지 않는 이유를 이제 알았다. 하지만 너무 늦었다. 이럴 줄 알았더라면 품에 있는 암기라도 던질 것을.

방심을 했다. 아주 큰 방심을. 죽어서도 잊지 못할 방심을.

우득. 우드드득.

그런 가운데에서도 잘도 운현의 몸은 계속해서 뒤틀려 갔다.

이제는 입술도 벌려지지 않는다.

'죽어라. 죽어. 죽어!'

그럼에도 끊임없이 저주를 했다. 모두가 같은 심정일 거다. 모두가 몸이 굳는 이 괴현상을 끝내기 위해서는 운현이 죽어야 한다 믿을 거다.

죽어야만 했다.

그래야만 움직일 수 있다. 운현의 죽음을 확인해야 했다. 죽을 때 죽더라도 놈의 죽음은 확인하고 싶었다.

그 이전에 이런 몰골로 죽고 싶지는 않았다.

황궁의 무사들이 곧 들이닥칠 텐데, 서 있는 채로 죽음을 맞이하다니! 그만큼 허망한 죽음이 또 있을까.

'설마…….'

게다가 현재 운현의 모습은 그가 꿈에도 보고 싶지 않은 모습이었다.

처음에는 독에 중독되어 몸에 뒤틀린다 생각했으나, 자세히 보니 그렇지 않은 듯했다.

'환골탈태?'

초절정의 무인이 화경에 이르기 이전에 벌어지는 단계.

몸을 재정립하고, 새로운 경지로 간다는 환골탈태의 모습과 비슷한 듯했다.

직접 겪어보지도 못하고 풍문으로나 들었던 일이지만, 뒤틀리며 맞춰지는 몸의 상태가 심상치 않았다.

몸이 비틀려 부서진다기보다는 좀 더 나아지는 듯했다.

벗겨지는 피부도 어쩐지 새살이 일어나는 느낌이었다. 저대로라면 정말 환골탈태다.

그래선 안 됐다. 안 그래도 강력한 적을 겨우 중독시켰는데, 더 나은 경지로 나아가는 꼴이라니!

상상도 하지 못한 일이었다.

'어서. 어서…….'

정말 저것이 환골탈태라면 어서 죽여야 했다. 몸이 움직이라 명령한다. 계속해서. 계속.

그때 이변이 일어났다!

“우와아아아악!”

눈이 새빨개져서는 죽일 듯이 운현을 노려보던 동료의 몸이 튀어나간다.

경공이 가장 빠른 자였다. 경공에 외공이라는 특이한 조합을 가진 자였다. 빠른 경공으로 몸을 부딪쳐 공격하는 것이 일품!

절대의 고수에게는 먹히지 않지만, 무방비인 상태의 운현을 죽이는 건 쉬우리라.

환골탈태 중이든 중독으로 뒤틀려가든 환자 아닌가. 뒤틀림이 점차 잦아들고는 있지만 완전히 정리가 된 것이 아니다.

죽일 수 있다 생각했다.

가능만 하다면 자신도 가기를 원했다.

“엇!”

그 기원이 통했을까. 자신의 혀도 풀렸다. 몸이 움직인다.

움직일 수 있다!

그 순간 모두가 얼음 속에서 몸이 풀리듯 풀렸다. 그리고 경쟁을 하듯 모두의 몸이 동시에 튀어나가기 시작했다.

가장 먼저 도착한 자는 눈이 시뻘게져서 달려갔던 이였다.

끝까지 포기하지 않더니, 가장 영광스러운 자리를 차지하는 듯했다. 그런데!

터억.

"억!"

신음과 함께 막혔다.

가장 많이 뒤틀렸던 운현의 팔과 손. 침술에 권법을 자주 사용해서인지, 여느 의원들 이상으로 상해 있던 운현의 손이 어느덧 전보다 단단한 근육으로 덮여 있었다.

새하얗게 보이는 손이 턱하고 핏발 선 눈을 가진 자를 잡았다. 그리곤 그대로.

와득.

자신이 뒤틀렸던 그때처럼 상대의 손을 뒤틀었다.

"아아아아아악!"

손이 으깨졌다.

외공을 익힌 손인데 짐승이 아이의 손을 짓씹은 듯 그대로 으깨져 버렸다.

어마어마한 악력!

거기서 끝이 아니었다. 손이 으스러진 것만이라면 혈도를 짚은 것으로 고통을 마비시킬 수도 있을 터다. 그런데.

"크아아아악."

마치 독에라도 당한 것처럼 으스러진 손이 타들어 가기 시작했다. 산성독에 당한 듯한 모습이었다. 그것도 아주 지독한 독에!

모두가 놀라 멈칫하는 가운데,

"……."

운현의 눈이 떠졌다.

방금 전까지만 해도 중독이 되어 있던 터. 온몸에 고통을 느꼈을 것이 분명한데도 운현의 눈은 맑았다.

정말 새살이라도 돋은 것처럼, 핏줄 하나 서 있지 않았다.

'……정말. 정말이란 말인가.'

상상도 하기 싫은 일이지만 인정할 수밖에 없는 듯했다.

'어떻게!'

중독되었다던 상대는 중독되지 않았다. 아니 그 중독조차도 이겨냈다. 어쩐 일인지 더욱 강해졌다.

자신들이 애써 준비한 암수들이 운현의 성장에 밑거름이라도 된 거란 말인가?

'하필이면…….'

정말 하필이면 그들 암화가 족쇄에 묶여 있을 때, 이런 자가 나타난단 말인가.

어쩌면 처음 운현이 등장했을 때부터, 무리를 해서라도 그를 죽였어야 할지도 몰랐다. 어떤 수를 써서라도.

'처음부터 잘못됐을지도.'

후회는 느렸다. 하지만 다가오는 죽음은 빨랐다.

"저기다!"

"신의님!"

뒤에서부터 황궁 무사들의 목소리가 들려온다. 운현만큼이나 지독하다 알려진 운현의 일행의 목소리도 들려온다.

이대로 있다가는 아무것도 하지 못하고 죽임을 당할 뿐이다.

이왕 죽을 바에야.

"쳐라!"

"명!"

죽는 그 순간까지 대의를 위해 죽는 게 낫다 여겼다.

암화의 무사들 모두가, 자신의 진원진기를 폭발시키며 운현에게로 튀어나간다. 압도적인 기세로!

〈다음 권에 계속〉

DREAMBOOKS

DREAMBOOKS

DREAMBOOKS